U0504518

家山万里梦依稀

〔美〕浦丽琳 著

商务印书馆
The Commercial Press

岁月流沙，时光在俯仰之间不经意中从我们指尖滑落；岁月流金，光阴在云起云落的当儿，世人创造了多少辉煌的业绩，铸就了社会的文明与进步。流沙是岁月之花，流金是岁月之果。

我们出版这套"流金文丛"，旨在爬梳剔抉现当代文人墨客的"流金"——性情之作，即闲适的零墨散笺。这些作品多为作者在月光里、芭蕉下、古砚边搦管挥毫的闲情偶寄，或是在花笺上信手点染的斗方小品。这些佳构华章，曾星散在历史卷宗的字行间，有的不大为人注目，我们将这些吉光片羽珠串集于斯。丛书内容丰赡、题材多样：书简、日记、随笔、辞章或其他，类盘中的珠玉，似掌上的紫砂，如心中的玫瑰，可赏可玩可品；然又不失思想，不阙情趣，不乏品位。

我们多么希望这套"流金文丛"能流入阁下的书斋，站在你的书架上。

目录

深深的怀念 ———————————— 〇〇一

远去的白马社 ——————————————— 一四五

海外情思 ———————————————— 三〇一

深深的怀念

清华经历竟疑梦

——怀念我的父亲浦薛凤

清华经历竟疑梦，

梦里清华自不真。

旧地重游会有日，

依稀物我可通神。

这首"回忆清华"的诗，是父亲浦薛凤先生题大学第五级三十五周年纪念册时所写的，印在他《沙里淘金沧桑鸿爪——浦薛凤讵占集》(1984 年初版)第 167 页上。

读史感怀

异域依稀故国家，

声声爆竹岁时花。

童年情景况如昨，

元旦争尝橄榄茶。

浦薛凤(1900—1997)

洋溢于诗行间的,是父亲对清华之恋,对故国故土之情。可惜的是,父亲在有生之年,却没能再"旧地重游"回清华,回到深爱的故国土地上。

清华,对父亲而言,是除了他故乡江苏常熟之外,最令他魂牵梦萦的地方。清华,是他求学成长的地方。清华,是他任教十年的地方。清华同学好友的妹妹,他娶为妻子。在清华,他将妻子的名字陆冶予(野鱼)改取为佩玉。在清华,他生儿育女。在清华,他结交了许多终身的好友。他的政治五因素论,他历久不衰的著作《西洋近代政治思潮》一书,均是在清华时着手撰述的。在父亲的生命里,清华是一个美丽而又不寻常的地方。

在父亲的诗集里,夹有一首《应聘母校准备授课》的诗:

应聘清华喜感恩,

宛如鱼跃跳龙门。

课程教法精筹备,

标准提高上上论。

再有一首《考取北京清华学校》的诗,是父亲十四岁时作:

考取清华愿竟偿，

阖家欢笑喜洋洋。

家君训勉窗楼坐，

圆月光辉照满房。

父亲 1900 年出生于江苏常熟。他的父亲，浦公光薛，字雪珊，号锡山，是清朝的秀才（又有人说是拔贡），曾应翁相国同龢之后代翁惠甫之聘，担任翁府的家庭教师。父亲自小，先由祖父母教读认字，后随祖父去翁家"之园"读书。七岁时读《左传》、唐诗及通鉴纲目之讲解。父亲在八九岁时的作文，其字之秀、其笔之佳，令我看了吃惊，有数页印在《万里家山一梦中》——父亲的回忆录里。直到辛亥革命以后，父亲才由祖父亲自教读，插班进入县立塔前高等小学，正式接受学校教育。

1914 年，父亲考取了清华学校。那时的清华是八年制，学子来自全国，毕了业可以出国留学，并免费读书。秋季入校，复试结果是父亲插入中等科二年级，等于跳了一班。清华学校的教育，注重智德体三方面的发展。除分数严格、师资优秀外，重视道德的培养，强迫运动，鼓励组织、自治民主，并多数以英语教学。校长为受师生尊敬的周诒春（寄梅）先生。暑假父亲回到常熟时，祖父仍亲自指导父亲补读经史子集,并练字作文。

闻一多先生与父亲是清华同窗好友,两人在文艺上都有才华,毕业那年又曾同住一室,两人均先后当过《清华周刊》的总编辑,并组织了一个美术团体,称之为"美司斯"。有一年暑假时,父亲寄怀闻一多级友之诗云:

才华洋溢孰能侪,
窃喜同窗益友求。
铁划银钩书法道,
金声玉振赋文优。
铅描水彩画图俏,
谈笑风生豪气流。
夏夜乘凉星月皎,
思君一日如三秋。

闻一多致父亲的诗中有:

葱汤麦饭撑肠食,
明月清风放胆眠。
自是读书非习政,
不妨避世学逃禅。

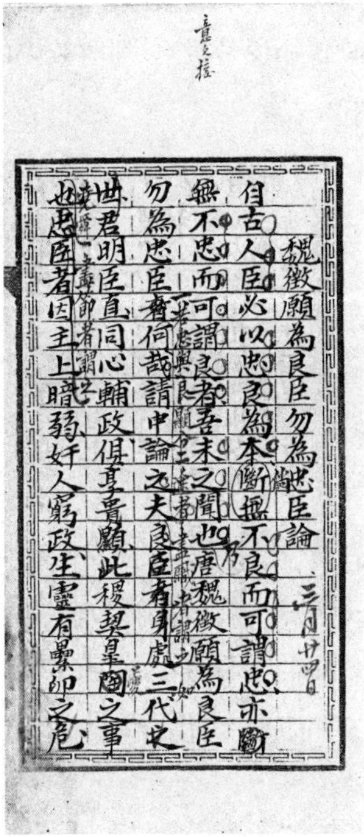

真文振

视微愿為良臣勿為忠臣論　三月廿四

但古人臣必以忠良為本斷不良而可謂忠亦虛

無不忠臣者何哉諸君之論中論之夫良臣者有勳庶三代史

勿為忠臣者何哉諸君吾未之聞也應視微願為良臣臣有勳庶三代史

世君明臣直同心輔政俱真嘉願此稷契皋陶之事

也忠臣者因主上�弱奸人窃政生靈有粟即之危

浦薛凤九岁时的作文墨迹

父亲译美国诗人长卿氏（H. W. Longfellow）的长诗"Evangeline"为散文，命题《红灯怨史》，先刊《清华周刊》，后载上海之《小说月报》。那时校中的《清华月报》，父亲也任过编辑。

白话文与白话诗流行之后，许多人不屑读古诗。1920年，父亲浏览了《全唐诗》，选辑了一本《白话唐人七绝百首》，由上海中华书局于同年出版，北大校长蔡元培和清华代理校长严鹤龄写序。父亲在自序中说："近年来中国底文学革命在文底一方面，已产出一个新的雏形；在诗底一方面，却还不能说有什么成就。现在中国底诗——旧枝萎枯得很快，新的枝叶还没有长——确有饥荒底现象。我怕，我们学生，将来都抱'贫诗病'，所以不揣浅陋，拿这最简单，又最短的一百首七绝，介绍给大家。"那时国家局势危殆，父亲选了《述国亡诗》《读勾践传》《从军行》等以警示读者。

五四运动时，父亲和其他北京学生一样，参加示威游行，暑假回乡后，并当选为常熟旅外学生联合会会长，初尝"学生政治"的滋味。1921年5月中旬，接近毕业，因同情北京城内大学风潮，清华发生同情罢课，父亲班上有三分之一学生拒绝参加大考，因而留级，晚一年毕业留洋。七载清华，清华的风气深深地影响了父亲，父亲立志向智德体各方面发展，于1921年赴美留学。

由于父亲是独子，当他游学美国并取得翰墨林大学（Hamline University）与哈佛大学的学士与硕士学位后，祖父母就觉得他们年事已高，希望父亲尽早回国。父亲于1926年返国，先后在东陆大学、浙江大学执教，于1928年回母校清华教书。

在浙江大学时，父亲认识了在杭州教书的母亲，清华高一级的好友陆梅僧的妹妹陆冶予小姐。（后父亲为母亲更名佩玉，恐冶予"之发音被众人误解"。）母亲的簪花小楷、学历见识及端秀等使父亲倾心，父亲的诗可以为证：

小楷簪花文笔优，
笙箫琵笛曲歌修。
锦心绣口兼容德，
窈窕才华君子求。

1929年1月28日，父母亲在常熟结婚。婚后，母亲仍回校教书，于1929年暑假父亲收到继聘的聘约后，母亲才去清华合住，住于清华园北院四号。

哥哥大昌，弟弟大邦、大祥和我，都出生于清华园。哥哥进过成志小学，我入过附属幼稚园。那时，母亲每星期都和朱自清夫人、俞平伯夫人一道儿演唱昆曲。母亲对昆曲有浓厚的兴趣与研究，也对中国乐器有研究，能吹笛，奏箫，笙，弹琵琶，并善绘画。父亲那时除了教学，还从事研究，撰写《西洋近代政治思潮》。当时，日本的侵略行为渐渐明显，但华北一带还算安定。《万里家山一梦中》内"清华弦歌"一章，对父亲任教清华、与冯友兰教授同坐意大利轮赴欧休假、主编《清华学报》等，都有追述。后来，父亲的三部回忆录于 2009 年由黄山书社分上、中、下出版，书名为《浦薛凤回忆录》。

书上记述应父亲清华的老师余日宣先生函邀，父亲接到清华大学校长温应星先生发的聘书，于 1928 年 8 月返母校执教。不久北伐成功，全国统一，政府任命罗家伦先生为清华校长。当父亲抵达清华时，余日宣老师已辞职将去上海沪江大学。罗校长于 9 月中到任，当日就另发聘书，并将薪水普遍地提高。1928 年秋，也正值清华开始男女同校。

西洋政治思想史、政治学概论、西洋近代政治思潮及政党政治，是父亲在清华十年中所教的课。政治学概论是大一政治与经济两系学生的必修课。西洋政治思想史，讲自古希腊到 18 世纪上半叶的政治哲学、政党政治，专重英、法、美、德、瑞等诸国。

浦薛凤陆佩玉夫妇在台北

那时的时势与风气似乎使风潮容易发生。清华在父亲执教的十年中，发生了三次反对校长的风潮。罗家伦校长任内，请了许多位优秀教授，对学校有成绩与贡献。但学生所办的《清华周刊》内有文讯评罗校长想用自己写的诗词来代替原有的校歌。后来也不知为了何种原因，校中起了风潮，有人认为牵涉党派对抗。1930年5月30日，罗校长辞职。行政院1931年3月17日才批准辞呈，于21日令吴南轩出任清华校长。

有一戏剧性的小插曲发生于1930年，那时阎锡山到了北平，发表"公平内政，均善外交"的政策，曾试派清华毕业的乔迈为清华校长。消息传出，学生会组织了众多人把守清华园的铁制大门，当乔氏及随从到达门口时，代表们蜂拥而上，坚决地声明挡驾，劝请回城。这出于乔氏意外的状况，令他知难而退，只得忍气吞声，退回北平城。当时的清华教授，没人看见这情况，还是学生后来相告而知的。

吴南轩校长到校后，没经多久，学生会即有反吴的立场。教授中有人认为吴校长聘用的两三位新教授缺乏学术地位，且事前没与系主任或院长商量，从而产生隔膜。后来教授会也召开大会，一致通过对吴氏不利的决议案。据说当时当局甚怒，都想解散清华，经陈布雷谏劝阻止，而派翁咏霓暂时代理清华校长。这年9月，准吴南轩辞职，由梅贻琦继任。

梅校长开始"教授治校"的民主风气于清华大学。凡校中之重要规章由教授会议决，并由评议会决定重要事项，聘任委员会议决教授之聘留。父亲那时被选为教授委员会秘书，开会之决定，登在铅印《清华大学校刊》上。

在父亲任政治系主任时，他自己把当时在北京大学及北平大学的兼课辞掉了。在课程方面，加重中国政治思想史、中国政治制度、中国地方政府、中国法制史、中国法律学的力度，聘请了萧公权教授授中国政治思想史，沈乃正教授授中国地方政府，中国政治制度由陈之迈教授专任，等等。邹文海先生为那时系中的助教。

20世纪50年代我住纽约时，遇到多位父亲教过的清华毕业生，他们都告诉我父亲教书认真，每年课堂的讲义都增加新教材，密密麻麻，将前一级的笔记改新了。又说清华1936年校庆，母亲登台与朱自清、俞平伯两夫人同唱昆曲，并与蔡可选夫人串演《游龙戏凤》。1940年毕业的宋廷琛先生曾在新七十一期台湾出版的《清华校友通讯》中记道："浦夫人饰正德皇帝雍容华贵，不过每句唱腔都'啊……'的拉得很长，听众无不捧腹。"

1933年，父亲赴欧洲休假研学，在德国柏林大学旁听两门政治思想课程，研究康德、黑格尔与费希特三人之政治哲学,并在旧书店中搜买三位的德文著作全集。每天均去柏林城内的普鲁士邦大图书馆借看德国近代唯心主义的政治思想原著,及当代德国学者对这派政治哲学的论述,自带三明治和牛奶用以休息时充饥。后去法国及英伦,也四处搜购研究书籍,并拜访驰名于世的英国政治思想家赖斯基(Harold Laski)教授,向其请教父亲自己发表的政治五因素之论。因希特勒在1933年1月开始执政,父亲在德国休假研究时,已感觉到诋毁犹太民族之宣传运动及日耳曼民族显示自己特别优越又受到压迫之气氛。柏林街头每日都有各种排队游行,夜间有集体跑步、练习巷战,使父亲觉得国际局面将会发生大的变化。

欧洲休假归校后,父亲任《清华学报》的总编辑。这一纯学术性季刊,当时有编辑二十人,包括陈寅恪、蒋廷黻、吴宓、陈岱孙、钱端升、吴景超诸位。父亲那时正撰写《西洋近代政治思潮》各章,便于每一期中刊出一篇。胡适那时主办《独立评论》,曾当面嘱父亲写稿,父亲因无适当题目与特见,没有写讨论时事的文章。

我家住清华园北院四号。那时住北院的有陈岱孙、王化成、朱自清、叶公超、蒋廷黻、刘崇鋐、蔡可选等教授。父亲和母亲与这些教授夫妇常相来往。父亲常在下午4时后,和蒋廷黻、陈岱孙、王化成、萧叔玉诸教授打网球。

校聞

慶祝二十五週年紀念遊藝會入場及維持會場秩序辦法

於四月廿九日應屆廿五週年紀念日定

一、本校校友教職員及家屬同學及家長均可自由入場。
二、本校教職員及校友持券入場
三、本校校友及學生屆時佩帶校章
四、會場前後設立招待員多名各招
五、會場秩序維持請全體學生協助
六、凡領票及非本人不得領票

廿五週年國樂音樂會節目

（一）開會
（二）主席致會辭
（三）花六板（笛獨奏）
（四）柳青娘（三胡獨奏）
（五）平沙落雁（琵琶獨奏）
（六）鶯鶯扫（笙笛合奏）
（七）春江花月夜（琵琶合奏）
（八）病中吟（二胡獨奏）
（九）薰風曲（二胡獨奏）
（十）逍遊秋月（琵琶合奏）
（十一）新編曲管合奏
（十二）聽松（琵琶合奏）
（十三）歸除途（管樂合奏）

廿五週年日遊藝會節目

（一）開會致開會辭　　余小如
（二）散會
（三）起解
（四）落花湖（周桃酒樓）
（五）戲鳳
（六）黃金台
（七）小宴
（八）鎮澶州
（九）拔魁星（過關）

專載

教育部訓令　第四四〇號

令國立清華大學

行政院第二〇一六號訓令開：

（全文略）

中華民國二十五年四月
　　部長　王世杰

教育部訓令　第四四七號

令國立清華大學

行政院第二〇一五號訓令開：

（全文略）

中華民國二十五年四月
　　部長　王世杰

第八級第八屆級委會第一次會議記錄

經濟學會收支帳目表（二十四年度）

月日	說明	收入	支出
1935			
9/23	收前任會計交到現金	4.985	
9/23	收前任會計交到銀行存款	46.91	
10/1	支總務黃家驥輕手印通知單費		1.80
10/1	支總務黃家驥輕手印券紙糊綢		.31
10/3	支總務黃家驥輕手紙洋火		.022
10/3	支大會茶點		20.70
11/3	支大會賣工友（總務攤）		.20
11/6	支總務黃家驥輕手紙漿綢		.16
11/6	支總務黃家驥輕手紙筆		.20
11/9	支顧叔玉先生演講用紅茶五杯		
12/1	收銀行存款利息	.51	
1936	收教師會費	9.00	
2/10	收會費（十七人）	8.50	
2/10	支紙糊綢		.22
2/10	支圖照片		.30
2/21	支洗片用手力		.40

1936年《清华大学校刊》登载校庆日活动消息，其中有京戏《游龙戏凤》

周末晚上喜与朱自清、蒋廷黻、陈岱孙诸教授打桥牌，只计分数，有胜负而无输赢。母亲常和蒋廷黻夫人唐玉瑞（住北院十六号）及王文显夫人（住北院五号）三位并坐，边织毛线衣边话家常，并与吴正之(有训)夫人吴王立芬及燕京之冰心(吴文藻夫人)结识熟悉。父母都喜食河蟹，上市时节，北院四号后门口，常有蟹壳堆积于垃圾桶里。由于我们年幼，清华园的一切都已模糊。记得深刻的，是日本飞机轰轰而过，有一炮弹落在图书馆附近，大家挤躲在图书馆底下过夜的情景。

日本的侵略打断了清华弦歌，清华处在火线之中，教职员们纷纷先后撤离。父亲和几位教授自庐山谈话后回到清华，在1937年7月29日下午3时，雇大汽车一辆，载全家大小及行李七件，疾驰往北平城。我和哥哥大昌，究系雏儿，见搬家非常高兴，到新地方尤其得意，觉得好玩，却转使父母感觉难受。父亲检视新住处之书报、公文、稿件，凡足以构成莫须有之文字狱者，均付之一炬。哥哥无知，以为玩火，和我及大邦弟都争着来帮忙取乐，真使父母亲感到心烦。国难当头，烽火边缘，年幼的孩童不知何为战争、何为危险，仍嬉笑追逐如故，怎不教父母亲心中苦痛悲伤！

在《太虚空里一游尘：八年抗战生涯随笔》回忆录中，

第二章"清华再见"尾,父亲写下"清华!美丽可爱的清华!如今暂别。他年定当重返此乐园!清华再见!",谁想到此后八年苦苦的抗战得胜后,中国内部却仍然混乱不定,弄得千万人家妻离子散,生离死别。清华的暂别,对父母而言,却变成永远的别离!

我家入城后先住东四牌楼报房胡同廿一号吴俊升教授家中。吴正之夫人家原住隔壁,嫌拥挤,故搬来同住,住在楼上。那时小弟出生才一个月,原本取名大翔,后因战事之故,改为大祥。父亲后来又回清华搬运些书籍入城,并与熊迪之太太全家另租东城遂安胡同五十一号安置我们居住。哥哥辍学,由母亲每天授以字算。家中有时吃窝窝头,以难民自居。

那时清华教授在城内住的,渐渐南迁赴临时大学教书。北平城内风声时紧时松,每隔数日,可听到隐约炮声。日本人在东交民巷升放气球,上面写着占领了中国何城何地。父亲决定与一些清华教授化装同去后方,于10月14日启行。行前将我们家大小迁往受壁胡同九号居住。

随校南迁,父亲只身逃难至长沙、蒙自而昆明,在北大、清华、南开三校联合组成的西南联大任教。后受当局征召,在国难严重的情况下,学人从政,任重庆最高委员会参事,协助研究讨论政治、外交、国际有关问题等要案。兼任《中央日报》主笔,撰写社论,发扬抗战精神。我们与母亲住在沦陷区,先在北平,后至常熟,胜利后才全家团聚。

第二次世界大战末期,胜利在望,父亲奉派参与由美国发起召开的中英美苏四国敦巴顿橡树园会议(The Dumbarton Oaks Conference),起草《联合国宪章》建议案,后又参与旧金山制宪会议(The San Francisco Conference),为国际安全机构建立方针。母校翰墨林大学在这时授荣誉法学博士学位予父亲。

抗战胜利,还都南京,父亲曾出任善后救济总署副署长、中央大学教授、行政院副秘书长。1948年5月,应台湾省政府主席魏道明之邀,出任台湾省政府秘书长之职。在乘火车离开南京赴上海的车站里,母亲不时拭泪,盖她不愿父亲重返政治舞台,而宁愿父亲任教职。父亲自身亦不喜仕途,但那时国内外局势迅速转变,父亲思虑再三,决定远赴台湾。飞台前夕,百感交集,不能入睡,遂占一绝:

六朝如梦感飘零,
夜不成眠月照棂。
见别俱难心味苦,
不知何日再归宁(意指归南京)。

由一九四〇年八月出席敦巴顿橡树园会议（斯丁堡等国之筹备会议及拟定四国提案草案的四国代表团宣布，商讨予个人之延平里由本人签名在兹此）

1944年浦薛凤参加敦巴顿橡树园会议的代表出席证，浦薛凤专为其做了说明备注

后来省主席更易，经陈诚、吴国桢、俞鸿钧，而父亲则皆获留任至 1954 年 6 月，前后共辅佐四名省主席，任台湾省"行政院"秘书长，因此被新闻界赠以"不倒翁""四朝元老"之名。究其实，为父亲奉公律己，认真负责，清廉公正，不论从政还是教学，都"保持学以致用之信念，努力以赴，衷心无愧"。1954—1958 年父亲出任政治大学教授，先后兼任教务长及政治研究所所长。1958 年 8 月，为协助台湾新竹清华大学校长梅贻琦出任"教育部"部长，父亲转任"教育部"政务次长。是年，出席在法国巴黎举行的联合国第十届教育科学及文化组织大会。父亲在大会中的演讲，后来被列入美国国会记录。

1962 年，父亲应聘美国，在桥港大学（University of Bridgeport）以及纽约圣约翰大学（St. John's University）执教共十二年，才退休至加州。退休以后，勤于撰著。1977 年秋，母亲故世，次年父亲曾应台北商务印书馆王云五先生之聘，赴台北任该馆总编辑一年。

我替父亲算算：他在国内教学约二十一年，在国外大学执教十二年，共计三十三年学界生涯，加上学以致用的学者从政时期十九年，总共辛劳工作、自强不息，计五十年有三左右；在海外教学居住，共三十四年余。

逖生先生勋鉴欣悉我

公连任原职具徵

德望允孚故为各方所推重如此昔

宋代富韩诸公称为三朝元老我

公则蝉联四任翰长尤为稀见亦一

佳话也特此驰贺敬颂

勋祺

弟薛大可敬启十四月五日

报界名人薛大可先生致浦薛凤信札

父亲不论教书还是从政，都认真尽力、守原则、讲信义、清廉公正、不辞辛劳、淡泊名利。父亲深深信奉曾文正公家书中之训诫："天道有三忌：一忌满，二忌巧，三忌贰。"父亲觉得，"满招损，谦受益"，守拙胜于使巧，并力求一心一德，绝避辜负携贰，是为立身处世的天经地义。

每次父亲从公家辞去职位后，必是立刻搬离公家分配的住屋，绝不拖迟多住半日。在南京时，全家曾挤住到表侄宿舍的一间房间暂住；在台湾时，也曾挤住于一亲戚家。

父母亲敬业的精神，不时以言行表达。任公职时期，一一公事，父亲必亲自批阅。繁忙时，午饭晚饭迟迟不归，星期日仍赶看公文。当父亲母亲年迈有病痛时，也都对我们说"工作第一"，不要我们请假，催我们上班。

父亲在桥港大学执教时，常常用功到深夜。一晚，母亲半夜醒来，灯光犹亮，父亲仍持卷疾书，母亲唤了父亲名字后问："你还要不要命了？"父亲大笑，才放下笔卷去休息。那时父亲已六十几岁了，清华自强不息的精神，深植在他心中。父亲主授研究所课程为中国政治思想史、中国朝代与政制，除了参加学术会议、应邀演讲，还发表英文学术研究论文。

父亲在美执教十二年中，台湾政治大学政治研究所的门生，每年均寄一大纸箱台湾食品作为父亲生日的贺礼。

父亲退休后,每年仍是不断。父亲逝世后,他们又出钱出力,为父亲在台北开追思礼拜,这三十几年的情谊建于深深的爱与尊敬!

"政治五因素"是父亲发明的基本学说,父亲认为,一切政治必包含"现象""人物""观念""制度"以及"势力"。这五项因素之间,永有彼此连带、相互变化、前后影响的密切关系。父亲认为我国二千年来历朝的兴盛衰亡、循环起伏,可于其中寻求所含的铁律。这种复杂的铁律,能帮助了解一切政权、一切民族国家的治乱兴亡。

由于自己觉得缺乏演讲与辩论的天分,父亲在清华求学时,学一位希腊演讲政治家,把小白光滑的石子,放在口中,天天去西院溪旁练习演讲,果然进步了许多,而被选上清华学校的辩论队。在美国翰墨林大学求学时,竟还得到全校演讲比赛第一名。父亲以勤补拙、刻苦努力的精神,不但年轻时如此,后来也一直如此。

前些时候,翻读父亲遗著,得知父亲在芝加哥留学时期,曾与闻一多、罗隆基、何浩若等同学商讨,组织了一个爱国会社"大江会",并出版刊物,写过《理性的国家主义》等文章。父亲有一首诗:

天崩地坼运非穷，

故国新胎转变中。

卅载贪私随劫火，

万方肉血抗顽戎。

求苏百代汉家好，

忍痛今朝玉瓦同。

走马昆仑东向望，

波翻黑海夕阳红。

不知是何时写的。

动荡的时代，搬来搬去的家，我们在成长时期，和父亲真正相处的时间并不多，全家的人，离多聚少。先是抗日时期的八年离难，后是求学时的住读与漂游海外，而父亲全心全意地为工作付出，能与我们子女相谈或教教我们英文的时间十分少。母亲一直是我们家的大栋梁，严父慈母的角色全在她肩上。母亲教导我们，从母亲那儿，我们试着了解父亲，认识父亲，敬爱父亲，对父亲那种"上无愧于天、下无愧于人"的做人方式及清高傲骨引以为傲。

母亲真是上苍赐给父亲的最大福气，没有母亲对父亲全心无我的爱与奉献，父亲恐怕就不能尽全力来从事学术研究，及对社会和世界有所贡献。母亲自己没能充分发展

浦薛凤陆佩玉夫妇在纽约

才华与兴趣,她将智慧和精力全花在照顾父亲、协助父亲、保护父亲、支持父亲的千千万万生活细节上。

　　一般来说,父亲思考周密,谨慎小心;母亲明智果断,英勇有魄力。父亲严肃耿直,母亲慈祥婉转。父亲热心诚恳;母亲也如此,但情感与理智并重。父亲勤学苦练,才成为有力的演讲者;而母亲谈笑风生,是个天生的演讲人才。他俩都乐于助人,勤于公益,为社会做出贡献。母亲自小读古书,后来学教育,当过三年如皋县立师范学校的校长。在台湾时,为争取妇女等老百姓的利益而服务,1951年曾当选为台湾首位外省籍的女性省民意代表。后来担任复兴小学董事长,曾奔走捐募,济助军眷与贫穷的人。但母亲总是谦虚地站在父亲的背后,予以精神与实际上的支持。父亲视谄媚奉迎为可鄙,凡事实事求是,不敷衍塞责,不谋私利,破除情面,奉公律己。有时不肖之徒因所求不遂,怀恨造谣中伤。

　　父亲的兴趣是多方面的,桥牌、围棋、象棋等,父亲都精。音乐、京戏、昆曲等也都喜欢。儿童乐园、动物园、公园,父亲都爱去。清华校庆的聚会、校友的茶会,父亲起劲地参加。他能和学者畅谈不倦,和学生亲如家人,和孙辈一道儿放风筝、捉迷藏而童心不泯,也能成天看书写作而自得其乐。

能和父亲多相处的时间，可惜不在我们少年成长和大学求学的重要时期，而在母亲病弱、父亲年迈退休居于加州后。虽然父亲热爱生命、热爱生活，仍勤于著述写作，仍偕母亲搭公共汽车四处出游，但他心中有一种寂寞，是我们子女们无法弥补的。父亲清华时代的朋友，不是远隔海的另一岸或是渐渐凋零，就是在美国东岸纽约一带居住。

有一年暑假，我滥竽充数在南加州大学教一门有关中国书法绘画文化的课，父亲不弃，应邀来到我课室，为学生们讲书法及提笔示范。并也曾去我义务服务的亚太艺术馆，当场挥毫，为中国文化海外交流做出一点一滴的贡献。每次出门，父亲总不忘打领带，穿外套，持手杖，保持着他一贯的清华作风。

1975年，父母去小弟大祥宾夕法尼亚州（Pennsylvania）费城郊外家中小住，一日出外散步，看见有似柳树之枝在阳春中摇动，母亲脱口而出两句诗句，父亲加了首尾二句而得下面这首合写之诗：

春风摇荡绿丝丝，

此似江南杨柳枝。

鱼米家乡归未得，

天涯常忆稚年时。

这首父母合写的思乡之作,是父亲和我后来最爱共同哼吟的诗。

父亲承继着中国儒家的气质,却也有西方独立的精神。研读倦累时,父亲就偕母亲搭乘公共汽车去迪士尼乐园游玩,去那儿得辗转换车,单程费时至少两三个小时,父亲也不在乎。有时下班我去他们公寓不见人在,就驾车到各处车站找寻,如果运气好,在暮色中见他们自公共汽车上下来,才松口气。母亲故世后,父亲仍然一个人搭车外出,不愿等周末再麻烦子女。记得一个星期六的早晨,我驾车经过湖街大道,只见父亲手提一个箱子在等红绿灯过街。原来父亲写了好多篇文作,安放在箱中,乘公共汽车来到邻城一所大的文具复印店去复印。又有多次,我下班去他寓所,不见人影,四处打电话寻找无着落。干着急中,远远见他手中拿着几只螃蟹,搭车转车,正自中国城驶回的公共汽车上下来。

父亲九十三岁之际,我们同去以藏书闻名全球的亨廷顿图书馆。时值初夏,玫瑰丛开。父亲坐在图书馆公园石椅上,心旷神怡,一时忘其所在,咏起诗来,一首接一首,愈吟愈响,用常熟抑扬顿挫的唱调。经过的黄发碧眼游客,见一白发东方老翁,唱声响亮,怡然自得,虽不解诗词之意,却也能分享其咏唱之乐情,均微笑点首而过。我提醒父亲，此非中国，似可停吟，然父亲不理，仍兴高采烈地哼唱下去。盖阳光、绿草、花香，已使父亲感生命之乐趣，忘却身在何处，亦不可知何处是他乡了。

最后两年，父亲甚少说话。我们以诗代语言。我常哼咏贺知章的《回乡偶书》，只要哼出"少小离家老大回"，父亲就会"乡音无改鬓毛衰。儿童相见不相识，笑问客从何处来"接咏下去。有时我一句、父亲一句你起我和地合哼着。每当我吟起他和母亲合写的那一首"春风摇荡绿丝丝"诗句时，父亲就特别高兴，马上会高声接吟下去。当父亲在医院中、疗养院里，我也是以诗句测量他的情况。情况好时，他会相应而吟，继之是睁开眼点点头；不好的情况下，父亲就不会对诗句做出任何反应，而静静地不出声。父亲在世的最后几天，医院紧急室的病床旁，我和大祥弟找不出话语安慰父亲，只能轻轻地哼着父亲的诗和"少小离家老大回"那诗，希望能安慰父亲、安慰自己。

父亲自幼就喜欢诗，曾以诗记载一生的事物、时代、感触。我曾建议请父亲教我如何写旧诗，父亲答应了在我有空时他就教我，并写了平仄的律在纸上给我。然而因每天上班与家务琐事等，我的时间被嚼碎成丁，竟始终没能向父亲学作古诗。年少时，我有时间而父亲无法来教我，年长后，父亲有时间来教我时，我却无能，真是悲哀！这是我引以为憾的事。

父亲出生于清朝末世，国政不纲，又经八国联军侵华，丧师失地，中国蒙受了奇耻大辱，国几不国。幼年时，父亲身经这些，感受定深，因此努力发愤读书，期望为国效力。辛亥革命，五四运动，抗日战争，内忧外患，20世纪中国所经历的，是一个长期纷争混乱的大动荡时代。父亲的一生，与这时代息息相关。父亲所受的教育，集中国传统与西洋正规教育的精华。父亲和他那一代的清华人，受时代的熏陶，似都全有抱负，有学识，有极重的道德心与时代感。

我有时想，父亲有深厚的国学根底，文笔优美，思路透彻，与闻一多同窗时，情趣相投，又是好友，怎么父亲没有走上文艺之路？怎么去研究政治思想？如果父亲研究文学，又合自己兴趣，又因根底厚实而易于入门并有成就。政治思想与历史和哲学都有关系，父亲怎么选择了这么一门难的学术园地？我想，一定是父亲有志于报国救民才舍易而取其难的吧！而当时政坛上的风气定使父亲痛心。

昔日与父亲往来相知的朋友，多数是清华的同窗或同事，或政大研究所的门生，全是在学界相识起的。这些往来的人，差不多个个后来都是在学术界、教育界、政界、社会上极有才华、卓然有成的人士，而且品德超优。在世风日下的今日，恐怕再也少见父亲与他朋友们的那一代与那一群了。

原在加州大学河滨分校任教的大弟浦大邦及现在天普大学任教的小弟浦大祥，曾先后利用教授休假时期，赴台北新竹的清华大学担任客座教授，想也是一半因为从小就知道"清华"两字的情深意长。父母亲曾多次对我们说，虽然那时国家正处风雨来临的前夕，而父亲在清华执教的十年生涯，是他们共同生活中的黄金时代！

母亲于1977年9月3日仙逝。大邦弟因劳累过度，于1984年12月15日猝然在会议桌上倒下而不起。这两件悲痛的事，给晚年的父亲莫大的打击。早在1954年，大哥大昌在印第安纳州普渡大学（Purdue University）求学时，大考后搭同学之车而遭车祸丧生，已使父亲饱尝"白发送黑发儿"之苦痛。大邦弟英年早逝后，父亲在日记本上写着"天道何在"四个字。

漂泊在海外的知识分子，不论生活过得如何充实，如果心中思念故土故国，总会感到一种特异的寂寞感。这种感觉，连我都有，更何况年纪更长的父亲。我相信，父亲一定曾感到寂寞，一种莫奈何的寂寞。父亲是坚强的，他从没说什么。

父亲待人，礼貌有加，晚年总是拱手谢谢照顾他的人，和母亲以前一般，和颜悦色，不出厉言。诗卷，是父亲晚年茶几上放的读物。一本唐诗与千家诗的合订本，被父亲翻阅再三，好的字句旁用红笔圈点，页角常有彩色笔写的赞语,如"妙妙妙""绝妙""千古绝唱""妙哉"等。

父亲去世前一天的下午,竟有两位八十高龄、父亲清华时的学生——万庚年与王之珍先生,一道儿突到医院探望父亲。当晚,大风骤起,我家庭院中的一棵大树被吹倒,全区停电。半夜时,雷声与闪电交加,一声雷后,医院电灯熄灭漆黑,然后亮起。父亲突张开紧闭数日的双目,看了一看。大祥弟忙说:"爹爹,我们在这里,姐姐也在这里。"第二天晚上,1997年1月7日,父亲弃世长眠。

岁月匆匆,父亲逝世至今已十三年了。父亲旧居街头的一长排淡紫花树,如今又盛开着,千万朵小小的淡紫丽花被天际的白云衬托着,有着清华校旗的色彩。父亲八十多岁时曾吟曰:

> 晴空拂晓白云斜,
> 又见长衢丽紫花。
> 紫白交辉校帜色,
> 看来更念吾清华。

清华园,是父亲魂牵梦萦的地方。看到了淡紫花开,父亲就思念起清华。每当淡紫花树盛开的季节,我就会更思念父亲。

感懷　陳寅恪

春日得弘毅肯来並作有為生南坤百年
身世之句慨賦　陳寅恪

得讀新詩已淚零東滇蒼卉尚青春
從苦信烏頭白野老鷺迴柳眼青萬里乾坤
孤注畫堂百年身已經炊醒入山浮海俱沾巾
留得有心寫新議悔恨平生後一丁

感懷　陳寅恪
家亡國破此身留苦館春寒卻似秋而裏苦
能若事畫宜寫前痛哭狂奴志已惺經

（左半部分）
天陸藍霞總不改藍程稻可隔神州楊子
　　　　　　　　　寅恪
霜亂孤注注方看博兒休柳本教吟律天意多
廿空自五分頭
藍衣段　（廿七曰吳雨僧同寫）　寅恪
曆斯懷人遠因破花蒲瀉源流甘賞盧龍
無憂僊偉處馬有新話難此散詞何愛
吾草作錦龙未休

父亲的十四行诗

　　哥伦布发现新大陆的喜悦，我体会到一次，那是我发现长年写旧诗的父亲在中国新诗的历史里，竟是最早先第二位写十四行诗体的人！据大陆学者研究，郑伯奇是中国十四行体诗写作的第一位，父亲浦薛凤是第二位，闻一多是第三位，其后是徐志摩。

　　父亲在世时，从没有和我谈过新诗，也没见他写新诗。他谈到闻一多和他先后任过《清华周刊》主编时，也从没说起自己曾写过白话新诗。也许，学生时代的写作，已经记不清了，或许他认为不值一提。

　　我只知道父亲酷爱古诗，自十一岁起到八十多岁，常以旧诗咏怀，他曾于1984年由台北正中书局出版了《沙里淘金沧桑鸿爪——浦薛凤刍占集》，收集了能保留下来的他的旧体诗。他在清华念书时，选辑了一册《白话唐人七绝百首》，蔡元培在序中写道："浦君瑞堂因为现代青年，抱了新体诗的迷信，把古诗一笔抹杀；特地选了唐人的白话七绝一百首。"父亲在其自序中，则嫌中国"文学革命"时期流行的白话诗无韵无律，因而选白话唐诗以供新诗写作者借鉴。

由于这些，我推测父亲不怎么喜欢新诗，但有时也曾纳闷，一些新文学的领导者，如冰心、闻一多、朱自清、梁实秋等，都是父亲同一时代的友好，父亲怎会没参与新文学运动呢？

父亲于1997年故世于美国南加州，他的诗卷书物，在他原住的屋中摊放着，一若往昔。两三年后，我陆续将书与文件的一部分搬回家中，但又没空整理。直至2001年的一天，无意中翻看到一封由顾毓琇伯伯转、由江苏常熟高等专科学校一位叫许霆的教师致父亲的信。信中说许君与同事合编一书，收录父亲1921年发表的《给玳姨娜》一诗，据他们所知："这是中国第二首十四行诗……在十四行移植中国的历史上占据重要地位。"出版社要求作者须同意，因不知父亲地址，而托顾毓琇先生转，恳请父亲作复同意。信上有日、月之注，但没注年份。

晚年的父亲，虽思路灵敏，但有时记忆差，往往会忘了回信。我不知父亲回了这信没有，并急于想看《给玳姨娜》这首诗，于是急不可待地写信去常熟许霆先生处相询。许先生没回我信，但依我的要求，寄来一份影印的《给玳姨

娜》，写明选自他与鲁德俊所编《中国十四行体诗选》，人民
文学出版社 1996 年版。同时许先生还寄来一份他在南京
师范大学《文教资料》1993 年第三期上发表的文章《浦薛凤
与中国第二首十四行诗》。我真是如获至宝，万分感激，万
分高兴，有发现新大陆般的喜悦！

啊！父亲的诗！父亲年轻时代所写的新诗，十四行体
诗。那是 1921 年 3 月 4 日发表在第二一〇期《清华周刊》
上的诗。书中的介绍是：

浦薛凤（一九〇〇— ），江苏常熟人。"五四"时期曾与
闻一多共同创办"美司斯"。一九二四年又与闻一多、梁实
秋、罗隆基共创大江会。后移居美国。《给玳姨娜》是中
国现代诗坛上较早出现的十四行诗，它在表现如星月般
璨烂的神圣爱情的同时，还表达了对光明理想的追求。
段式采用六八结构，闻一多评论说："这里的行数、音节、
韵脚完全是一首十四行诗（Sonnet）……浦君这个作品
里有些地方音节稍欠圆润；不过这是他初次试验这种体
式，已有这样的结果，总算难能可贵了。"

许霆在《浦薛凤与中国第二首十四行诗》一文中，写了
他如何发掘出父亲的《给玳姨娜》，如何先向闻一多儿子闻

立鹏打听，再向闻一多的孙子闻黎明寻找资料，由闻黎明处得到抄件《给玳姨娜》原诗。使我震惊的是，文中说闻黎明给他的信中讲父亲曾"续娶一太太"，这是误闻，是不正确的。先母故世后，父亲一直独身了二十年，没曾续娶，容我在此更正。

我很希望再能有人发掘出父亲其他在《清华周刊》上发表过的新诗，兹将《给玳姨娜》抄于后：

> 紫空里嵌满着几千万斛
>
> 灿烂闪耀的星珠，
>
> 环拥那仙姑驰驭的明月，
>
> 这幅神洁的画图，
>
> 难道不许世人共睹
>
> 直到深夜才肯吐露？
>
> 看，一派浩荡的银潮
>
> 把河山的埃垢丝尘都荡尽。
>
> 行行，忘了路底迢遥，
>
> 在茫无涯际的天空里前进——
>
> 为的是世界的光明——
>
> 你总守着你的定向。
>
> 玳姨娜可使我的心

同你这颗宝钻一样！

从这首十四行诗中，我深深体会到父亲学生时代的一团热血与理想，"行行，忘了路底迢遥"，"为的是世界的光明"，守着定向，多迢遥的路啊！尽一生来行。

抗战诗情

　　冰心和父亲在美国麻省读书时相识，是由清华同学吴文藻伯伯介绍的。吴文藻伯伯和冰心同船到美国，嘱在哈佛大学读书的父亲就近代为照应冰心，因为吴文藻伯伯念书的地方离冰心较远。1928 年父亲任教清华大学，后和母亲结婚。1929 年冰心和吴文藻结婚，共同任教燕京大学。那些年两家同在北平，时有往来。

　　1944 年 1 月，抗战时期，父亲只身在大后方，母亲曾拜托冰心夫妇多多照应父亲，以免父亲精神上过于寂寞。冰心不时约父亲周末去家中过，有时打打桥牌，并与其他友人相聚。一次父亲得病住院，冰心调寄《浣溪沙》赠写《水仙》一首来慰问，父亲感谢之余，马上和了一首《咏瓶中红梅》。友人们得知后，亦互相写诗词相和，顾一樵、萧公权、吴景洲、成惕轩、周君简、浦江清等名士相继咏和，连梅贻琦校长都写了一首唱和，一时引为佳谈。

　　抗战时期，生活艰苦，而这些文人的精神生活，却仍是活跃丰富。饱经数十年的战乱迁波,除了冰心当年亲笔写的《浣溪沙·水仙》留有墨迹,其他友人们写给父亲的宝贵墨迹已不复在。父亲晚年在美国南加州时,曾亲笔把这些诗词用毛笔写出来。那是父亲对往日友人深深的怀念,对友人诗词莫大的珍惜。兹将他们那时的唱和记录保存,留给青史。

浣溪沙·水仙　冰心

寄托闲情到水仙,病中心绪阿谁边。拥衾无语看炉烟。

微步凌波应解舞,生尘罗袜亦翩跹。不输梅蕊占春先。

浣溪沙·咏瓶中红梅步韵奉答冰心　浦薛凤

影里红梅梦里仙,依稀地角又天边。思丝如水复如烟。

飞燕妖嘘添馥郁,贵妃醉酒更蹁跹。甜香秀色百花先。

浣溪沙·咏梅花　顾一樵

雅思高情羡遁仙,岁寒松柏蜀山边。涂峰如黛水如烟。

疏影横斜来绰约,暗香浮动舞蹁跹。凌云才调数君先。

浣溪沙·合咏红梅水仙　萧公权

小驻红尘绛阙仙,罗浮山下月林边。寒香梦远隔非烟。

此係娴警十年執筆所寫

贈逖生嫂夫 調寄浣溪沙（冰心）

寄託閒情列水仙 碧衣裙帶阿誰邊 擁衾無

語看妙姢 微步凌波玄鮮舞 生塵羅

襪東翩躚 不輸秋意白春光

當時和者有顧一樵葉公魋
吳景洲成惕軒周君斲
沅江清 畢旭堯暨梅月涵帥

冰心赠浦薛凤的《浣溪沙》手稿,30多年后浦薛凤加注收藏

修到维摩真解病，天花惹袖自蹁跹。人间清福让谁先。

浣溪沙·合咏水仙梅花寄和逖生

用冰心夫人赠词原韵　吴景洲

聘得梅花嫁水仙，客中芳思杳无边。尽多往事隔云烟。
瘦影微传香淡远，风姿难掩态蹁跹。春回同占百花先。

浣溪沙·水仙和逖生兄

用冰心女史韵　成惕轩

玉步凌波望若仙，又添芳思到吟边。静宜疏雨淡宜烟。
客绪浑成蚕缱绻，幽姿雅称鹤蹁跹。春来消息共梅先。

浣溪沙·合咏梅花水仙　周君简

汉女相将梦绿仙，年年幽步到春边。明妆双笑净风烟。
流水高怀成缱绻，空山清梦共蹁跹。冰魂唤起一阳先。

林下曾逢缟袂仙，更闻环佩水云边。陈王幽梦寄空烟。
妆面都宜珠错落，舞姿还看玉蹁跹。太平春占蜀江先。

屈子离骚写众仙，怀沙千古恨无边。永遗二妙落荒烟。
环佩月明归绰约，衣裳云卧意蹁跹。芳尘野马一鞭先。

浣溪沙　浦江清

病榻维摩供水仙，不知甜梦到谁边。江南芳草隔云烟。
巴蜀竹歌听喔哑，清华镫影记蹁跹。相逢落子让君先。

画桨柔波贴水仙，戏抛莲蓬到郎边。绕堤杨柳绿凝烟。
扑的一声飞过去，几回照水影蹁跹。滩头白鹭避人先。

浣溪沙　梅月涵

不羡鸳鸯不羡仙，醉来斜倚小炉边。荔枝尝罢试新烟。
蝴蝶梦中空幻化，嫦娥月里共蹁跹。樽前春色酌谁先。

浣溪沙·寄和逖生　蔡旭岚

绰约丰神缟袂仙，低回无语倚窗边。幽情深意寄炉烟。
顾影阿谁同淡泊，消寒对月自蹁跹。清标更占众香先。

玉骨冰姿花里仙，孤芳幽独立荒边。暗香疏影笼轻烟。
潇洒丰神堪绝世，琼英零乱舞蹁跹。东君消息总占先。

不平凡的母亲

母亲原名"陆冶予"，1904 年 2 月 7 日生在江苏宜兴。她的父亲为陆宗俊先生，母史氏。在家中，母亲排行第六，上有四兄一姐，下有一弟。长兄航僧（冶寿），姐（冶侬），次兄梅僧（冶伦），三兄玄僧（冶鹏），四兄荷僧（冶儒），弟纯僧（冶仁）。母亲的次兄陆梅僧毕业于清华，和父亲是同学好友。

1917 年，母亲 13 岁，考取了校址在南京的江苏省立第一女子师范，只身离家，去南京住读。那时班上同学的年龄都至少比母亲大三四岁，她是班上最年幼的学生。母亲勤学用功，功课成绩优秀，甚得师长及校长张墨君器重。母亲尤以作文及绘画最为出色，对音乐甚喜爱，学会了撅笛、奏萧、吹笙、弹琵琶、拍唱昆曲。她的书法俊秀，文笔超逸，自己取号"野鱼"。毕业后，母亲被派去北京西郊熊希龄所创办之香山慈幼院当教师一年，然后回母校任附属小学教师一年，如皋县立师范学校后来慕名聘请母亲到该校任校长三年，1927年去杭州女子中学教书。

父母亲于1929年1月28日在常熟结婚。新婚后，母亲仍回杭州教书，父亲回清华大学，直等到父亲收到次年清华大学续聘的聘书后，母亲才去清华。父亲在清华，替母亲取了"佩玉"的名字，母亲就改用"陆佩玉"或"浦陆佩玉"之名了。

母亲在南京读书时就喜爱昆曲，在清华园内与朱自清夫人和俞平伯夫人相约每星期同唱昆曲，学习昆曲。在清华大学二十五周年即1936年校庆时，母亲和她们登台清唱昆曲，并也登台演京戏《游龙戏凤》，在戏中饰演皇帝。平时的夜晚母亲常陪伴父亲看书写文章，父亲写了《红袖添香夜读书》一诗来形容：

> 红袖添香夜读书，
> 新婚执教喜何如。
> 笙箫偶弄同欣赏，
> 水木清华安乐居。

居住在清华园的十年，是父母亲共同生活中最好的黄金时期。

日本侵华，父亲只身赴大后方，协助抗战工作，母亲和我们小孩留在沦陷区北平。母亲在家除教哥哥中文和数学外，独自开始学习日文，以期必要时能以日语应用沟通。

父亲尝尽妻离子散的苦痛，在香港时曾写《自香港寄怀佩玉》：

> 每修尺素问平安，
> 欲诉相思着笔难。
> 春到南天寂寞甚，
> 万人行里觉孤单。

1938年，母亲一个人带领着我们四个幼儿，搭船离开北平城，驶向上海。在上海租公寓住了约半年。那是为了在那期间，父亲可从大后方到上海来相会，相互商量母亲是否应带了我们也去大后方。父亲到上海后，父母两人仍重理智地决定，由母亲携儿女回常熟与父亲的父母同住，同时也可以照顾公婆。让父亲在大后方逃日机警报时，不必因有家室而受到拖累。

祖父是清朝的秀才（有人说是拔贡），为人严肃，不苟言笑。他曾教我大哥大昌读《左传》，教我和大弟·大邦读《论语》。可惜他脸上缺少慈祥的笑容。有两只金莲的祖母喜看旧文学，如《红楼梦》《西厢记》等，她安静慈祥，我在小学时看这些书，均是由祖母处借来读的。

抗战时期陆佩玉带着四个孩子在北平

在日本人统治的沦陷区常熟，母亲心中是寂寞的。母亲不时独自在家中拍唱《游园惊梦》，或吹弄起笛子。母亲总说，昆曲词句雅美，比京戏高一格呢。母亲所唱的《游园惊梦》的几段，至今还不时在我耳边响起。

有时夏夜，母亲和我们在楼上依窗赏月，让我觉得好像我们拥有了全世界，却不知母亲在思念大后方的父亲。母亲常会带领我们在窗前祷告，祈求上帝保佑远方的父亲健康安全，保佑中国。母亲注重我们的功课，曾教我们读《古文观止》。夜晚窗下，有时我们和母亲用常熟调子，朗诵《吊古战场》《赤壁赋》，乐亦在其中。

也许所有的子女，都会觉得自己的母亲是不平凡的。我自小就觉得我的母亲和我同学们的母亲都不一样。母亲说话声音响亮，清晰好听，又带着一股正气，无惧于任何势力与鬼神。她负起严父慈母的双重责任。我们的成长，受教于母亲最多最深。

在沦陷区里，我小学毕业那年，考县立初中，曾亲眼看到、亲耳听到同班一成绩很差的同学，拜托一个与考试有关人，要他帮忙考得取，并把考试时的学号交给那人。我在校中功课一向良好，认为"托人""走后门"是可耻之事，想自己凭实力会考得取初中的。哪知发榜时我竟名落孙山，而那个很差的学生，居然榜上有名。母亲知道后跑到县

抗战时期陆佩玉带着四个孩子在常熟

立中学去找校长，并拍了桌子说："我们国家如今到了这地步，你们办教育的怎么也如此黑暗啊！"要校长拿出我的考卷来查看。校长连声抱歉，拿不出考卷。其实，母亲的话，说得真十分大胆呢！那时国家的领土被日本人占领了大半，办教育的腐败黑暗。好在那时我也考了省立中学，在省立中学发榜时，我的名字竟是录取生女生中首榜上的第二名。

母亲热心好义，对贫寒的亲友与不相识者，都会伸出援手。过年过节，常送米给经济差的人家。有一件母亲救人的事，我记得清楚极了。

有一天一大早，愁眉苦脸的大姑母独个儿来到娘家，在祖父母的房中谈了片刻，就匆匆离去。两位老人自房中出来，脸色沉重，束手无策。母亲相问，祖父说："飚农（大姑父）被日本兵抓去了！"那时，日本兵横行无道，老百姓均畏怯，避而远之。祖父母没有办法相助，而热心的母亲却在心中开始盘算着该如何设法营救，并觉得要越快营救越好，不然判了罪就难营救出来了。

母亲马上先四方去打听，打听出一个替日本人做翻译员的中国人的名字与住址。母亲提了一点水果，去翻译员家中见那翻译员，向那翻译员说明被抓的人是无罪的，请他帮忙让日本人放了他。翻译员说他不便如此做，但可代母亲相约一个时间，让母亲于次日自己去见日本人。

少年浦丽琳(心笛)和母亲

第二天母亲竟真的跑去见日本人,用日语说明来意,并说被抓者为一守法律师,可能在案件中得罪了小人而遭人陷害控告,是冤枉的,请日本人释放。那个管案子的日本人,觉得这位无畏的年轻中国女子有胆来见,不至于会说谎,听了母亲所言,颇以为是,点头叫手下去狱中传大姑父出来。这个日本人好奇,问母亲:"你的丈夫叫何名字?做何种职业?"母亲慢慢地以日语答复。日本人又问:"他人在何处?"母亲开始紧张起来,因为父亲在抗日的大后方是不能说出来的。正在这紧要关头,大姑父被押出,进入室内,母亲灵机一动,打断话题,连忙跑到大姑父旁,嘱大姑父向日本人致谢,同时母亲也向日本人说"谢谢你释放无罪的老百姓!",就同大姑父步出日本人的审问室。母亲的胆量、机智和努力学习的日语顺利地将大姑父营救了出来。全城相传浦雪珊(锡山)的媳妇救出了大姑父。祖母连声说:"你妈妈做的好事传千里啊!"

　　在抗战时期的常熟,母亲就是一棵大树,为我们遮去炎日与风雨,容我们往大树干上靠,使我们不感到父亲远在他地的缺失与苦恼。幼年生病时,若是母亲有事出外,我就会觉得度日如年,感到万分无奈与不适。一听到母亲回到家来的声音,我的病就会马上好了一半,母亲的声音,对病中的我而言,真是比药还灵呢。我也觉得,世上古今

最完美的爱,是母亲的爱!我曾写过一首小诗《追念》来追念我母亲:

幼时病中比药还灵的声音:母亲

顶天立地不声不响的英雄:母亲

一点一滴真纯无我的奉献:母亲

古今最完美的爱:母亲

　　抗战胜利后,我们全家欢聚南京。搬到台湾后,母亲曾当选为台湾省第一届临时省"议会"的省民意代表。她是第一个被选上的外省的妇女。母亲热心公正,有正义感。在开省"议会"时会仗义而言,为公众争取利益,为被欺害者打抱不平,得到不少人的敬重。她应邀担任台北妇联会主任委员多年,办女子宿舍、劳军、兴学,兼任复兴小学董事长等等,忙碌异常,着实为社会服务做出了贡献,也展示出了母亲的才能。不少走投无路的老百姓,到妇联会找陆主任委员帮忙,母亲都会尽力相助。母亲并暗中自己出钱,相助清寒学生求学。

　　我最近读父亲任职台湾"教育部"政务次长时的日记,其中记着,有一名中年海军因女儿学费的问题去找父亲,父亲无法帮他,嘱他去找任台北妇联会主任委员的母亲陆佩玉想办法。母亲热心为海军解决了学费问题,还解私囊送钱嘱他购买点物品给他患病的妻子,并叫他去店中吃碗面。那海军回家后给父母亲来信感谢,称父母为善人、大好人。如今这个海军的感谢信仍在我父母遗留的纪念物中。

母亲常以古人的格言来教导我们,使我们子女留美多年不会忘本。她曾特地写了下面崔子玉《座右铭》寄给我:

无道人之短,无说己之长。

施人慎勿念,受施慎勿忘。

世誉不足慕,唯仁为纪纲。

隐心而后动,谤议庸何伤?

无使名过实,守愚圣所臧。

在涅贵不缁,暧暧内含光。

柔弱生之徒,老氏诫刚强。

行行鄙夫志,悠悠故难量。

慎言节饮食,知足胜不祥。

行之苟有恒,久久自芬芳。

1977年9月3日,母亲仙逝于美国南加州,父亲写了《悼念佩玉》一诗:

抗战胜利后全家在南京团聚

千呼万喊竟仙游，

笑貌歌声忆梦求。

服务勤劳无愧怍，

相夫教子备温柔。

悲欢离合尝滋味，

贫贱荣华似水流。

倘有天堂祈永聚，

来生愿再结鸾俦。

父亲的友人和门生们读到后，也纷纷写诗步父亲的悼亡诗来追忆母亲。

　　母亲逝世至今已三十多年了，每每思念到母亲，心里依旧滴着悲痛。悲莫悲矣丧母痛，我们的成长，受母亲的教诲最多。

　　下面一首小诗《昨夜》，是多年前我梦见母亲醒来后写的：

您来到我昨夜梦中

却只是短暂而朦胧

午夜我惊醒起坐

想抓住您的衣襟

不见您形影在侧

轻声呼喊两三回

或许，过道

隔室，会有相应

沉寂的深夜暗无底

好似时间上的黑洞

传不出您足音的去处

西边世界虚空无踪

母亲，勇气的代表

那是个苦难的时代，离乱的时代，日本人侵略中国领土，抗战期间沦陷区的时代。

母亲带着我们四个年幼无知的孩子，从沦陷了的北平到上海，再自上海乘了一条客船驶向父亲的故乡——常熟，去和祖父母同住。父亲一个人，早已化装投奔大后方重庆。

"若有人问爸爸的名字，你们记住，是叫浦瑞堂，若问爸爸在哪儿做事，你们该说他在上海做生意。"母亲不止一次地叮嘱我们，并要我们一一试着答说给她听。从她的神态上，我们意识到事情的重要和四周的不安，小弟祥祥那时只有两三岁，正熟睡在舱室中的木床上。

突然船停了，岸上有背着枪的日本兵在喝叫。

母亲拉我近身，把一只金镯子戴到我的手臂上，把我袖子管的边压在镯下，翻过去一道，正好把镯子全部遮藏在袖管中："别出声，别害怕，乖。"硬硬的镯子勒住了我的血脉似的，在臂上惊醒起我内心的不安。

　　船靠了岸，船主上去和日本兵交谈片刻，回来报告船客要所有的人都上岸去，日本兵命令每个人要检查"良民证"和打预防针，年幼的小孩可免。一些其他的船只，早已停在岸边，它们的乘客已排着长长的队在岸上等着。

　　"你们要乖乖的，不可以吵架，也别害怕，心中就是害怕也别露出害怕的样子，妈妈去打针，一会儿就会回来的。"母亲叮嘱着我们，然后一个人走出舱室。船上的人声响乱了一阵后就突然静寂了下来，小弟午睡的打呼声，就在船停水静人寂的片刻，突然地愈发显得响了。我、大哥和邦弟，三个人站在一角，连呼吸都不敢出声地望着岸上。

　　岸上，母亲一手执着"良民证"，一手卷起了阴丹士林蓝布大褂的袖管，露着臂，排在队伍中，等着打预防针。枪杆上闪着尖刀的日本兵，样子凶巴巴地在队旁走来走去。排队的人们，都是我不认识的，母亲也不认识他们，排在一堆陌生人中的母亲，是多么孤独啊！打针是痛的，母亲怎么不怕呢？一阵恐惧，使我担心母亲别一去不返。我偷看大哥一眼，他的眼神严肃得没有表情，再看邦弟，他拖着鼻涕一脸愣样。三个幼小的孩子，呆在船舱的窗前。

　　在河上的船里，我凝望着母亲登岸后的身影，她回转头来好几次，渐渐地走远了，我就看不到她的眼睛了。我凝望着，真怕一不当心排队的人会把母亲遮去，穿蓝布大褂的人是那么多，站在远处的人是看不清面目的，视线若是一断，就不容易在一大堆蓝布大褂的队排中认得出哪一个是母亲了。一秒钟好似比一天还长。小弟祥祥还熟睡着。这半途不熟悉的地方，陌生的人堆里，日本兵的命令下，母亲抛下孩子们独自上岸去排队打针，她是多么勇敢啊！我不敢闪动眼睛，努力地瞪开着眼，瞪得发酸发疼，不敢把视线闪断了，母亲卷着袖管的蓝布大褂的影子，随着缓缓移动的队排渐渐走远了。我紧张地看着，看着。

军靴的声音在船舱门口响起，两个日本兵大摇大摆地跨进了我们的舱室，瞄了我们一眼，便把原没有上锁的箱子等行李翻开检查。睡熟的小弟仍安静地睡着，一点也不知船舱中来了日本兵翻查箱子。袖管中的金镯子每刻都提醒着我："害怕也别露出害怕的样子。"小弟的脚，在毯子下动了一动，一个日本兵突然把盖着小弟的毯子揭了起来。天！请别伤害小弟！

查不出东西，日本兵终于走了。当我再投眼岸上，母亲那卷起袖管的蓝布大褂，已看不见了。一排有许多蓝布大褂的人群里，竟瞧不着母亲的身影。焦急、苦恼、等待，三个年幼的孩子在船上等待母亲安全地归来。母亲啊！除了您，这世界上全都是陌生人啊！

小弟在梦中一个翻身,竟从窄小的木床上跌到地上,惊醒了过来,哭唤母亲。哥哥大昌用饼干去哄他,他吃了一两口,似乎意识到被哄,就把饼干掷下,用无依哀求的眼在我们脸上找寻母亲的消息,然后大声地哭了起来。四周围着他的六只眼睛,就再也藏不住泪滴,也陪着流个不息。

　　在望眼欲穿的泪影中,母亲终于安全地回来了,蓝布褂卷袖管的手臂上,红肿着,有打过针的痕迹。"哭什么,傻孩子们。"母亲抚着我们,好像她心中一直不曾恐慌过,"你们要勇敢啊!""妈妈,痛不痛? 怕不怕?"我们围上去问。"一点也不痛,也不怕,"母亲微笑着,"只要咬紧牙根,不怕,就不痛。"

　　每当我心中恐惧时,母亲年轻时蓝布褂卷袖管的身影就会被我想起。母亲,就是勇气的代表,她代表着成千上万的中华母亲,在那苦难的时代里,独自领导着孩子们,走过人间艰苦崎岖的路程,在她微笑的脸上,永远看不出她心中的苦涩。

永远的悲痛

　　窗外的车辆仍川流不息快速地驶着,完全无视窗内巨大悲恸的事实。母亲的呼吸停止了,我的世界停止了,窗外的世界怎么没停止?整个世界应该停止啊!

　　护士说:"你母亲趁你不在身边时,才舍得离去,你与你爸守在她身旁时,她不忍心走。"这安慰我的话,我听不进去,我深深后悔没曾寸步不离地守在母亲病床旁。都是大弟邦邦把我撵走的,他说:"我和妻来了,你就应回家休息。大家轮流看妈妈,不然你不走,我们就不来了。"于是我恍恍惚惚地走出医院的门。谁想到大弟竟只留下他妻子在母亲床边,自己带父亲去店中还租来的轮椅,并去为父亲买杯咖啡喝,因父亲曾整夜陪在医院里母亲的床旁。

　　接到大弟媳告之母亲病危的电话,我立刻赶返医院,只见母亲安详地躺在床上,眼圈泛上淡淡的一层紫色,十分美丽。我伸手摸摸母亲的肩背,依然是温暖的。我觉得母亲没走,母亲还在,但医院中人却说母亲已去,无法抢救，并要将母亲推离病室，推放在医院别处，嘱我们离去。顿时，医院中的人变得残酷而冷情。

那天早晨，一位护士曾发现母亲的脚底心冷，我帮忙搓脚底时，她低声说："她在走了（She is going）。"我听了不高兴，也不肯相信，只管努力搓脚底心，搓暖些后，大弟与弟媳自河边镇来了，人一多，胆壮了，便将护士的话忘了。莫非护士经验多，能看出预兆？若是我不曾忘去要为母亲搓脚，母亲是不是回生有望呢？

原住纽约州首府的我们，在西迁加州时，母亲曾对我说，希望次年父亲自大学教职退休后，也搬住到我们近处，彼此可有照应。何况，母女的心，是最亲近的。那年圣诞，母亲来加州，也一再如是说。谁知次年父亲自桥港大学退休后，却接受了纽约市圣约翰大学研究院之请，去那儿任教，而决定暂不西迁。为此，我失望之余，写了一封言词不客气的信给父亲，责他不迁来西岸，只为自身研究兴趣，而置母亲之私愿与利益于不顾，想逼父亲改变主意早日西迁。母亲为此提笔写信，说为了父亲的兴趣与研究，她宁可牺牲自己的愿望，来成全父亲。若是父亲放弃了工作早日西迁而不乐，母亲将也会不快乐的。他们自安静的桥港，搬住杂乱的纽约市后的那一个圣诞，再来加州和我们共聚时，我发现母亲消瘦了许多，衣服都宽大不少。问起时,母亲还说:"瘦点也好啊!"他们回纽约没多久,我梦见父母亲在公园椅上坐着,似将有不利于母亲的情况发生,而父亲竟不自知。我醒来觉得不妥。不久,得父亲电话,知母亲正住医院中,查出患有大肠癌,医生建议开刀。我连夜搭机去纽约,一路忍着眼泪,邻座一美国人问我是否去纽约游览,我据实以告,为奔母病,并说记不清纽约市最有名医治癌病医院的名字了。那人却知道,马上告诉了我何名何街。清晨抵达父母住的公寓时,父亲惊喜我快速地飞到,相偕去医院看望母亲。

母亲住进的那家医院,真叫我心惊肉跳。护士们凶狠的态度,反映出大都市坏的一面。我眼见一个护士,对病患者的不耐烦与粗鲁,用脚踢拨字纸篓,发出不悦耳的铁皮声。我建议换医院,但父亲怕得罪医生。说服了父亲后,我与医生相商。医生说,家属的意见可以采纳,便为我们接洽进那有名的专科医院——史隆·凯特琳医院。

母亲转了医院后,发现设备与医务人员品质的转优,心中大为放心。她总对我说:"有你在,我就放心了。"手术进行得顺利成功,但假满后,我只得回加州工作,那时还没有"家庭事故离职停薪"的法律,故母亲康复期间我没能亲自侍奉左右。是年冬,父母亲来加州过年,母亲的体质仍弱,显然没有完全恢复。岂知一年后,父亲也被查检出

浦丽琳(心笛)与母亲

患有同样的大肠癌，也得开刀。

我又飞去纽约，陪体弱的母亲搭地下铁，送父亲去医院动手术。手术后，惊喜发现父亲的大肠瘤是良性的。但连着两个星期，母亲每天都忧心忡忡地撑着疲惫的身体偕我早出晚归，来来回回去探望住院的父亲。尚未恢复元气的母亲，为了父亲的住院开刀，着实透支了体力，亏欠了自己，她太为父亲的健康担心了。

终于，父母亲经过了两次开刀的经验，答应西迁，选靠子女家附近的地方居住。母亲想和女儿家住得近点的私愿终得以偿，但母亲已不是从前健康时的母亲了。她的身体瘦弱，精神不足，再不复是当年谈笑风生、声音清脆响亮、生命力旺盛的母亲了。她已不能像以前所渴望般尽情享受亲情之乐，因为健康的缘故。当一个人的健康受损，生活的品质也会受损，快乐的感觉恐也被打大大的折扣了。

母亲动手术后，纽约的医生说疾病并没扩散，但无法看得出肝部是否受感染。迁到加州后，母亲常自觉右肝部有不适感，慢慢才查出肝部被侵害。加州的第一个医生说，七十来岁的人上了年纪，可不必治了，我听了总觉得怎能如此。每每下班后去父母处探望，见母亲乏力静卧床上，我也静静偎躺母亲身旁陪着。念及母亲有病而不能治，悲从中来，泪禁不住流出，却又不能让母亲觉察，母亲

自南洋大学回台小住，適之先生遂以将
積稿出版。由此可見適之先生记憶之佳，
與獎掖之殷。今春麗琳与超光遊美三月，
過台返新加坡，予乃嘱将舊稿檢出，与遂
生翻談数過，覺以简淺词句之中卻寓有
真情實意，爰为付印，俾婚親友，以博一
粲。

佩玉 五十一年
八月识句

1962年母亲陆佩玉为浦丽琳(心笛)诗集写的序言

此刻在我身侧是我的福,而母病不能医是我的悲。卧室静悄悄无一声响,偶尔听到隔室中父亲翻阅书页的纸张声音。

那时我还没学习到"认命"的态度,总想该探求为母亲治病的门路。医所的护士见我求医心切,叫我另找所中一位年轻些的医生想办法。这第二个医生说,可以化学治疗。商得家人同意后,母亲就勇敢地接受治疗,大概是怕伤家人之心,母亲从不问自己的病情,总是和颜悦色,配合着就医。对医务人员或家人的扶助,总是称谢再三。母亲本性的善良与胸怀豁达,在病中一览无遗。

一次,母亲在卧室跌倒,被救护车送至医院住了几天,暂停化学治疗,出院后抵家对我道:"儿啊,我险些丢了命啊!"又说:"有你,我就放心!"我心痛极了,母亲以为我居美时间长,能为她做最尽善的医治与照顾,而我却正束手无策,不知如何才能助母亲战胜病魔。70年代中期,美国医学界对癌症的研究还不够先进,那时还无电脑资讯,我们全家均无能为力。

起初,化学治疗似有一线希望,但渐渐地,副作用多而无期望中的效果。母亲日益憔悴,体质更弱,终于1977年9月3日弃世长眠。我心中有说不出的悔恨,是不是化学治疗反更加害于母亲?是我求医心切反害了母亲!

母亲的逝世,使我对死不复恐惧,因为母亲已先到那个无人知晓的世界去了。丧母之痛,使我无法写一篇哀思的文章。展开纸,泪先滴落,胸口剧痛,无法提笔,如是者已将三十年了。每当在超市听到人唤"妈"之声,我均禁不住回首看望,是谁如此幸福能和母亲共同活在天空下?我也为全世界失去母亲的人感到悲伤。

街上的车辆仍川流不息地驶着,世界仍匆忙着不停,它们是不会因你我的世界破碎而停顿一刻的。深深的丧母之痛是永远抹不去的,是永远的。

一个中国留学生的家书

——我早逝的哥哥浦大昌

　　近来我零星展读 20 世纪 50 年代一个中国留学生浦大昌在美国写给台湾父母亲的一束家书。第一封家书,写于他登岸美国南加州后的第二天,1950 年 11 月 2 日。最后一封家书,写于他求学的印第安纳州普渡大学,1953 年12 月 28 日。在他留学的 3 年 3 个月期间,他前后一共写了约 140 封信给父母亲。1954 年 1 月 23 日晚,大考完毕,这位勤劳努力上进的留学生,搭乘同学的车子,去同学白先德处煮稀饭吃,而不幸之至,竟遭车祸惨痛丧生。车中三位中国同学(浦大昌、高承仁、曾庆文)同时遇难。驾车的傅殷铨同学受重伤,后来也不治而亡,仅白先德同学受重伤后得以幸存。我所读的这些家书,是留学生浦大昌写的,浦大昌是我的长兄。他写给父母亲的这一束家书,是在父亲过世后的遗物中,我在半个世纪后才翻看到的。

　　隔了这么长的岁月,翻读到半世纪前哥哥亲笔写的这些家书,我仍禁不住泪流满面,心中感到深深的悲痛。悲亲手足过早地突然逝世,痛惜哥哥在他留美时期所经历的一切辛酸。那是那个特别时代的辛酸,留学生的辛酸,哥哥的辛酸。

哥哥浦大昌的这一束家书,不但反映出20世纪50年代那个时代,一个由台湾初到美国的留学生刻苦耐劳求学的生涯,也反映出那个时代美国社会与人民及一些大学的情况,是有历史价值的。信件中流露出那个时期留学生活里点点滴滴的新奇与哀忧:亲情,友情,手足情,异国生活的适应,功课的压力,奖学金的压力,理想与失望,向上的努力与奋斗。

那时,电视还没普及全球,离电脑时代还更远。西方的生活方式与西方食物,不似现在这般全球化。台湾经济落后,还待起飞,美金和台币相差巨大。到美国留学的学生,要适应要奋斗的地方很多,压力也特别多特别大——经济的压力,功课的压力,适应的压力。留学生们大多数都节衣缩食,克勤克俭地求学。那时,有一些不能适应各种压力的留学生,不幸竟得精神分裂症,而被送回台湾,很是悲惨。那个时代,是个苦难的时代,是留美学生最艰难的时代。不似现今,由于电视与资讯发达,创造了一个世界村。美国大众文化流行全球,台湾和大陆经济发展,生活水平提高。现今的留学生来到美国前,对美国学校与美国食物早有所知，故适应起美国的生活就比以前容易多了。

哥哥浦大昌于1930年3月18日出生在北平清华园，是四个孩子中的老大。我是老二，大弟浦大邦是老三，最小的弟弟是浦大祥，我们都出生在北平清华园，那时父亲在清华大学教书。哥哥自小就像一个圣人，忠厚、老实、善良，待人以善，待人以诚，一点也没有一般常人有的自私自利的心地。在我心目中，我真觉得他就是一个圣贤。哥哥从小不曾为任何事与弟妹们或其他任何人争吵过。母亲曾告诉我们，哥哥约三岁多的时候，有一次躲跑到母亲身边说"小妹来打我"，那时我大概才开始学走路，摇摇摆摆地用手打了哥哥，哥哥躲开，一点儿不还手。母亲对哥哥说，小妹打你你可以回打啊，哥哥也不肯还手打，从这一点看，哥哥自小就异于常人。

哥哥永远和气待人，从来不说人家的不是。中学时有一回，我认为他被一个同学欺负了，我对他说为他打抱不平的话，他也只听听而不言语。我这一辈子，在我的同辈中，没遇到一个能和哥哥相似，如此性情忠厚善良、和平诚恳、宁人负我而不负人、克勤克俭、向上努力、乐于助人、表里一致、如圣贤的人。

日本侵略中华后，父亲和一些教授逃去了大后方，母亲带了我们四个孩子,从北平搬到沦陷区常熟,陪祖父母同住。祖父每日教哥哥读《左传》,教我和大邦弟读《论语》。小弟大祥那时太小,不必祖父教学。哥哥真听话,那么枯燥的古书,叫他一个十余岁的小孩每日要读一百遍,他也好好地背读。因之,哥哥的中文底子比我们都好。在沦陷区的学校,初一学生就得学日文,而不似大后方的学生学习英文。因之,抗战胜利后,我们到南京入学时,一无英文底子。

　　哥哥从来不曾和我们争抢任何东西,总是对弟妹爱护谦让。抗战期间,生活清苦,只有在过年时,小孩们才有糖果吃。大年夜家里炒了带壳花生,母亲交哥哥分给我们四兄妹,他总是公平地把花生分成四份,叫我和两个弟弟先挑,挑剩下的最后一份他才自己拿。分糖果时也这样。他一点儿也不会自私和贪心,而处处为别人着想。我想,大公无私、善良诚实忠厚,除了父母亲的家教外,也都是他的天性,是他与生俱来的。

　　抗战胜利后,我们家搬到南京,哥哥和大弟浦大邦住读金陵中学。第一个周末他们自校回家,初一年级的邦邦(浦大邦)哭诉校中食宿的委屈与离家的不惯,哥哥却一言不发。哥哥常静静的,不多说话,受了委屈也不声响,但他的观察力远超过我们。

1948年7月,父亲接受了台湾省主席魏道明的邀请,自南京去台北任台湾省政府秘书长之职。我和哥哥都自愿留在南京读书,哥哥那时在金陵中学住读,我在中大附中住读,都很喜欢自己的学校,不愿意转学台湾,和家人们一道儿搬住台北。直到时局开始动荡不安,我和哥哥接到家信的指示,两个中学生才同到乱哄哄的上海,搭船去台湾的家,一路上由哥哥照应着我。

　　50年代,哥哥就读于台南工学院(即现在的成功大学),我在台湾省立一女中读书。由于我意外地由毛振翔神父处得到了美国一个天主教学校的奖学金,有人对我母亲说,长子比次女更应该先去美国,故叫哥哥也去申请奖学金。

　　天主教学校奖学金证件的信寄达台北后,我和哥哥通过了"教育部"的考试,于1950年10月间就分别搭船,漂洋过海,到一个陌生的国家上大学。为了省旅费,哥哥搭安利轮货船,于10月15日自基隆起航,同船共有留学生金斌和徐修士及三位美国女客、一位西班牙修士。我则于10月12日飞香港,搭17日自港驶美的美国船戈登轮。那时,飞美国的飞机票太贵,坐船要便宜很多。

浦薛凤(左六)、陆佩玉(左四)、浦大昌(左一)等亲友在台北机场送浦丽琳(心笛,左五)赴美留学

我赴美的衣物箱子，全是由母亲整理好的，出发前夕，我记得曾暗暗抓了一把台湾海滩上捡来的小贝壳，偷偷地放到箱子里去，心中有点高兴能带家里的贝壳去那不熟悉的远方。我那时刚高中毕业，脑子空空的，真是个糊里糊涂、莫名其妙被送出去的大孩子。哥哥比我成熟些，他的古书读得比我多，对世界大事的关切比我深入，比我知道得多。其实我们那时都太年轻，对美国一点儿认识也没有，自己原本无意离家求学异地，也并不曾向往留美。如今想来，假使那时和平安定，我们也许不一定会过早地离家到异国求学，而被美国小学校的奖学金所吸引。哥哥如不离家留美，说不定如今还能健在。

哥哥抵美后的第一封家书，非常仔细地禀告父母一路船航和抵达美国后的情况。他搭的安利轮货船，在海上走了 17 天，于 1950 年 10 月 31 日才到达南加州洛杉矶（Los Angeles）靠海的长堤（Long Beach）上岸。11 月 2 日下午，哥哥只身搭坐火车启程，在芝加哥换车，去美国东部的宾夕法尼亚州（Pennsylvania）的维拉诺瓦（Villanova）学院：

一共走了十七天才到达 Los Angeles。一路上风浪不是太大，只有最后的四五天船往两边摇得很厉害，不大容易睡觉。吃饭时有很多餐具从桌子上滚下来，人坐在椅子上滑来滑去……

　　船在昨天下午二时许就入港了。……离开码头，后来才知道这个地方并不是 Los Angeles，而是 Long Beach……到 Los Angeles 的百老汇大街上的 Case Hotel，三个人住一间，五元五毛钱一天，在第九层楼……开车把我们带到本市的精华所在，及好莱坞等处转了一下。好莱坞闻名已久，不过真正的摄影场尚不在此。汽车是多极了，晚上大街上热闹得很。十一点才回旅馆。

　　今天早上七点多起来……至 Union Pacific Railroad 办事处订火车票，坐 coach 就是坐的椅子，晚上能够把靠背放低一些，这样比较便宜，能直接到 Villanova，中途需换车两次，一在芝加哥，一在 Philadelphia……仅在芝加哥换车有些麻烦，因为要到另外一个车站去。芝加哥有七个火车站呢！车票价七十六元九毛五分……所以明天下午五时以后，就是我挤在洋人中间了。我真为我的英文担心，尤其是在转车及到校的时候。

　　我读哥哥详细的信件时，一如身历其境，也使我同时忆起那个差点要被我遗忘了的非常时代，20世纪50年代的美国社会和美国人。那个时期的美国，社会风气良好，一般老百姓都乐于助人。哥哥一个人搭火车去校途中及在芝加哥换车时,都得到好心的美国陌生人的照应。在火车上的第一晚,哥哥去餐厢吃晚餐,才发现火车上晚餐价钱特贵。第二天,哥哥为了节约,就不去餐厢吃饭。一个同车邻座的美国人,去餐厢买了四个三明治,好心地送给哥哥两个,但西方三明治里半生半熟的牛肉,却使刚抵美国、不习惯西方食品的哥哥难以下咽呢。第三天,哥哥为了节约又没吃早饭,因他太体谅父母的钱来之不易。哥哥的节俭与心情,与刚到美国火车路途上的见闻,在信中一一可见。下面是哥哥信中述火车途中的两段:

我在二号下午四点钟就到了火车站……四点半就上了火车。火车相当漂亮,所谓流线型是也。椅子可以放下来可以躺……火车在五点钟离开 Los Angeles,七点钟到餐车上去吃晚饭又做了一次阿木林,一点鸡,洋山芋豆,一杯咖啡,一碗汤,如是而已美金二元(小账在内两毛)。

我的邻座是一位美国人。起先他跟我谈话,我告诉他我的英文不行因为刚从台湾来的。他告诉我他的名字叫 Warren Q. Snyder,同时也把他的住址写给了我。晚上睡觉的时候车上出租枕头,两毛五一个呢。第二天早上就学乖了,不去吃早饭。中饭时,这位美国人到餐车上去买了四个三明治,给了我两个,我要还他钱,他只是不收。我只吃了一片，因为当中夹的肉似乎是半生不熟的，吃了下去反而觉得不好受。晚饭也没去吃。晚上枕头也没有要，所以第二天一个钱也没有用。那天晚上两点多钟，Mr. Snyder 在 Omaha 下了车。第三天早上十点四十分火车到了 Chicago。（早饭当然没有吃。）芝加哥正在下雪呢。

同车有两个美国人，他们也是要转车的，在同一个车站所以同行。幸喜另外一个车站离这个车站并不远，虽然下大雪倒也没有什么关系。到了车站之后，把手提箱寄存了十五分钱……在火车站的餐厅吃饭，也是两个美国人之一请的……到了一点钟，其中之一走了。到了一点四十分，另外一个也走了，……于是我就在火车站里转了一个多钟头。这个火车站真大，里面有百货店及零食铺。在二点半去取了箱子，买了一块巧克力糖一包口香糖，一只一毛五分。两点三刻上车，由车站到火车月台的门是自动的。当有人站在门前的时候门就自动地开了。

到校后，哥哥常读美国报纸，信中告诉父母，那时的美国役龄青年正在担忧战争的爆发。对住校时的美国食物如"烂如泥的土豆儿"，哥哥不太习惯。那时，美国新出了电视机，台湾还没有电视机，哥哥抵校后第一次看到电视机中的电视节目，就向家中禀告：

同室的一位同学等我帮我去拿行李,他的名字叫 Paul Sasso……Pual 说他会 take care 我……昨天晚上由 Paul 带我去看电视(television),在另一栋学生宿舍的一间空房内,恰如看电影一样,只是人数只能最多二三十人,因为太后了看不大清楚……

哥哥发现美国学生上课很随便,嚼口香糖,大声说话,和台湾的学生不一样,信中写道:

……昨天上宗教课时,有的学生大嚼其口香糖,放声大谈,与在台南时上课情形迥然不同……

哥哥读阅美国报纸,禀告父母那时美国役龄青年担忧着战争的爆发:

我的同房的 Paul Sasso 要我对你们说,他可能不久能到台湾来看你们,因为战争已经爆发了。这虽是笑话,足见美国役龄青年所怕的时期即将来临。

今天报上有 Truman to Ask more Dollar Aid for the Far East(杜鲁门要索取更多援助远东的经费),大约 100 million。无线电里有"美国的青年男女们,国家需要你"的呼声,可见美国已在备战。可是英法却说可以丢弃亚洲不能丢掉欧洲,无耻之至,毛神父说明年可以回上海。我真希望如此。

报上登着要征兵,十八岁至廿五岁一般美国同学都很着急呢。

相比之下,我真是愧然,我那时对时事不注意,也不知应看看英文报刊。而哥哥关心时事,注意国际情势,还看英文报。学校放假时住于何处,也是令哥哥头疼的事。担心功课的话语,着急的情绪,常常在信中出现。哥哥老为自己英文的进步担心,为奖学金担心。哥哥的信件,反映出那个时代的大多数留学生的努力奋斗和凄凉心境。下面是信中的一些字句:

校中今起放假,因为我在今天下午动身,所以囤积了几片面包放在窗外,今晨一看冻得硬得很,放在热气管上烤了烤,倒还将就……

复活节又快到了,我对于节的到来的确是感到头疼呢。住校和出去一笔费用总是不能省。我想还是住校算了,一来费用总比出外少,二来总可看一两页书的……日子真快，到了这个学校已经四个月多了，英文还是没有进步，真是着急得要命。妈妈要我买些东西吃，老实说到这四个多月仅在注册时在 college store 买了一包口香糖，其他的日子都没有进去过。

……我简直不知道下了课应该先做那一门功课才好……英文先生话讲得快极了，单就这几门课就得把字典翻遍……时间真是不够分配，越是急，越是想看书，越是看不进去，真糟糕，所以心里真是乱极了。

我乘的船到达旧金山后，我就跟着同船同赴一校的卓源来，先在她亲戚俞大维将军家小住，然后同飞纽约市，住在她大哥卓牟来家里。因感恩节将近，感恩节学校放假不能住人，决定感恩节后再去学校——圣玛利亚学院（Mount Siant Mary College, Hooksett, New Hampshire）。那时哥哥校中感恩节也不能住，故他和同学——毛神父的弟弟 Joseph Mao，同去纽约住在青年会，看望了毛神父，也搭了地下铁到卓家看我。看望毛神父时，哥哥得知毛神父将要奉命回台湾，何时回美还不知，信中说：

我们这一批在外国的就没有人管了。毛神父说很替我们可怜呢。他说新换的那位外国神父 McGuire 对中国学生一点都不管。

那年圣诞节假期,同室的美国同学 Paul Sasso 请哥哥到家中住。这位同学家住在布鲁克林(Brooklyn),家中只有三间房——父母的睡房、客厅、厨房。哥哥和他同学就睡在客厅沙发上。哥哥又曾去看望毛神父,那时毛神父不久将回台,不再能帮助留学生取得奖学金了。

同年圣诞节假期,我跟了我的同校同学好友卓源来,去纽约市她大哥卓牟来家过节,哥哥老远从同学家搭了地下铁来看我,并带我同去拜望父亲的好友蒋廷黻伯伯,在蒋伯伯家吃饭。我那时心中真想兄妹如能住一处过几天假期该多好,哥哥得花近两小时坐地下铁来看我,然后又独自搭地下铁回同学家,但我们都是作客他家,人地生,这个奢想那时只能放在心中,是无法实现的。

家书中哥哥说我运气好,因我放假时来去纽约都能搭同学的便车。我确实一直比他运气好,糊里糊涂地,没经艰辛地,在一个天主教学校,过着单纯安顺的学生生活。其实哥哥比我聪明有为,但他的奖学金运气不如我,毛神父那年又去了原职,因之哥哥尝尽艰辛。

当他发现就读的学校奖学金将有问题,校方又没让他选土木工程的课，哥哥就想换个学校，请示了父母亲。放暑假时，依家中指示，他坐长途公共汽车，去旧金山父母亲的友人陈恭藩伯母家暂住读暑校，并等候台北家中对转学之事的指点。

为了学费，为了奖学金，为了读工科，为了转学何校，为了等候家书，整个暑假哥哥思考着将何去何从，全是在焦虑和困扰的日子中度过的。父亲虽早年公费留学美国，但对后来 20 世纪 50 年代的美国大学恐并不熟悉。父亲信中有意要哥哥转到萧公权伯伯教书的华盛顿大学，更叫哥哥感到困扰。那时打越洋电话可贵极了，哥哥信上曾说"心中的话拿起了笔老是写不出来"，那是何等的苦痛啊！我每次读到哥哥信中的焦虑不安，真为之难过与心痛。

我们求学时期，凡事都是听父母的决定。到美求学后，还是如此，不敢自作主张。一方面是尊敬父母；一方面是自小太听话了，认为父母的判断力比我们强。暑假最后时，父亲叫哥哥去得克萨斯（Texas）读书，说得州一个大学校长去台湾时，答应给哥哥奖学金。为了省钱，为了奖学金，秋季开学时，哥哥就转学去得州普莱恩维尤（Plainview）的大学——韦兰学院（Wayland College）。

哪知哥哥到了韦兰学院后,才知道所谓的奖学金,是要得奖学金的学生为校工作和出外演说,来付还校方的。那个学校,是训练传教士的学院,也是个很穷的学校,每个星期日,学生们成天都在教堂里过。同学们见哥哥不是教徒,就连声以"罪人""罪人"来称呼。但学生们很和气,对哥哥很好,在那宗教气氛浓厚的环境里,哥哥终于受洗成为基督徒,他给我的信中说,一则精神上有寄托,二则洗去罪人之名。家书中写道:

所谓奖学金也者根本不是奖学金。据儿看来名之曰贷款而已。因为奖学金数目多少到将来仍需偿还给学校,偿还给学校之办法约略如下:(一)替学校做工每小时 50 美分,按照所做多少小时工抵消多少钱。(二)将来付款。(三)到外面去演说或教堂工作(此事由校方接洽,出去时由一组一组出去),所得之钱由大家均分抵消欠款。(四)若有人肯给若干钱给学校指定给某人某人之债款,便能抵消若干。

此校既无工程功课,大概又得耽搁些时候,学校之穷可以想见。宗教活动很多,书不太容易读进去。

儿已在上个星期日(九月月底)受洗成为基督徒了。受洗的地方是此地的 First Baptist Church,但愿主保佑我们中国。

在美国求学的头两年，为了奖学金事，为了省家里的钱，哥哥不得已而进的学校，都是不合适的学校。第二个学校无工程功课，因而不但耽误了哥哥的学业，更使他的生活与心情非常不安与多忧。

哥哥曾与同学到田地里打工，捆高粱，也曾去罐头厂打过工。那时父亲在台湾任台湾省政府秘书长（连任四任），有人说父亲在台湾，以台湾省而言，是在"一人之下，万人之上"（在省主席之下）。而父亲是一个清廉正直、为民服务的政府高级公务人员，由于清廉，他的长子留学美国，刻苦耐劳如此。哥哥禀告打工的信上说：

前天下午就有个同学来问我们星期六要不要去做工，一小时一元，是在田里做工……今晨八点多出发，一共有十个同学去……八点半开始工作。我们的工作是把已经收割好的扎好成一小捆一小捆的高粱，把每五行之间的每一列堆起来。大家工作了差不多三小时，每人得了二元七角五，相当的累。因为是连续的工作，直到十一点五十分才完。到校时差不多十二点十分了。身上弄得都是泥……

哥哥为求学事向父母说：

情愿少选些而读得好些。近来对微积分颇有兴趣，差不多每堂都有考试，成绩还不算太坏，一个 C＋，三个 B，八个 A，当然题目是不算太难的。

往后，听到大弟邦邦也将留美，哥哥家信中建议说：

儿意在该校读完一年后即转入一好学校，省时，省钱，像我的情形真是哑子吃黄连也。

哥哥头两年的留学生涯，真是"哑子吃黄连——有苦说不出"啊！

哥哥后来取得家中同意，继同一校的同学陈耳转学之后，于1952年秋季，转学去陈耳就读的印第安纳州的普渡大学。普渡大学是有名的工科学校，哥哥十分高兴地进了该校，终能选读他原早就想读的土木工程课。一天到晚在学校图书馆中看书的哥哥，非常用功，在普渡大学的学习成绩很优秀。

寒假中，哥哥还试着和同学去芝加哥打工。但他们找到的工作却是去黑人区收送电话本。那是拿了厚厚重重的电话本,跑到不甚安全的破落地区,爬四五层楼梯去一家一家敲门,送一本新的电话本,收回一本旧的,所得的报酬是三分钱一本。在哥哥的家书里,他这样写道:

我们的工作是送电话本子。是挨家挨户地送,同时还收集旧的电话本。他们只付收送一本三分,每收一本三分,那送一百本才能拿到三元。一本电话本子是相当厚的。同时我们送的地方都是黑人住的地方,地方脏……没礼貌……同时黑人的公寓很少是有电梯的,于是搬运电话本子到四五层楼时可就苦极了……赚来的工钱还不够付汽油费呢。

1953年9月,哥哥和大弟邦邦曾到新英格兰与我相会,我的小提琴老师夫妇 Mr. & Mrs. George Gerasi 带我们去了海边,游了白山(White Mountain)。然后应邀去二舅母的亲戚朱友渔主教夫妇家住了两三天。没想到那竟是我和哥哥最后一次见面了。见到哥哥时,我有点吃惊,觉得他变得又黑又瘦小,不似往昔了,心中感到沉沉的难过。原先记忆中哥哥一向是瘦的,但不是如此皮包骨地瘦得可怜。定是他远离家人在美国求学奋斗的生活,实在太辛苦了。

哥哥在普渡读书时,是在校外租一间小室,不能煮食,每日三餐得在外边吃。功课忙,节衣省食,哥哥没法好好照顾自己的身体。而我因住校,全奖学金包括学费食宿,不必为每日生活费心,两个人在美国读书的境遇大大不相同,真有天地之差啊!

哥哥在印第安纳州普渡大学时的功课很紧,他非常用功,学业成绩优秀,写回家的信写得较短:

……我每天的时间,除了睡觉吃饭外,都是花在功课上面。有些中国同学看见我老是在图书馆,说我很用功,其实是功课逼得紧,不得已也,不然的话,谁不想偷空玩玩啊?

哥哥也报告了一些普渡大学华裔教授请留学生过节吃饭,与无家可归的留学生过节的情形。我如今读着,心中对那时请学生们吃饭,给予留学生一丝温暖的普渡大学教授们,还是感激极了:

明天是 X'mas,不想做事,休息休息。假期一开始,学生都走完了,这里会冷静不少。饭店在这几天都关了门,吃饭真成问题。幸好有位同学(白先德,白崇禧之子)租住的地方有厨房,而他本人则于假期去纽约,我们几个不曾离去的学生聚在一起,自己烧烧弄弄,因是吃中餐胃口转佳。

……今晚在此的罗教授(教航空的,联大毕业)请我们吃晚饭,一定可大吃一顿。

X'mas Eve 那天晚上在罗家,玩得很晚才回来,菜是做得真不错,后来还有馄饨当半夜点心。莫若砺也来此地过节,热闹不少。圣诞节那天,没人请我们吃饭,早上很晚才起来,吃过午饭后洗完盆碗去看了场电影,我们是走着进城的……星期六晚上由 Dr. 叶(在土木系做事的)家请吃晚饭,当然又是大吃一顿,深夜才回来。星期天晚上在一位吴家吃晚饭(我和莫若砺是不速之客,我们本来只是拜访性质)。

转学后,学业进展顺利,1954 年新年后,大考方过,哥哥和同学高承仁、曾庆文、白先德搭坐一位香港同学傅殷铨的汽车,驶向白先德(白崇禧将军的长子)的住处,打算去煮点中式稀饭吃,因为单身的留学生中只有白先德住得起公寓,拥有厨房。那是 1954 年 1 月 23 日晚上 8 点半左右,公路上哥哥和同学坐的车,撞到一辆没点灯、载有许多钢条不动的卡车,导致不应发生的车祸。车中除白先德外,这几位远渡重洋到美国留学的学子,竟都惨痛遇难丧生。哀哉!哀哉!时耶? 命耶? 我伤心哀悼我哥哥浦大昌,我也哀悼和哥哥同车遇难的另三位普渡大学同学。

我和邦邦得到这不幸的消息后,都往普渡大学奔丧。在哥哥租住的豆腐干般大的小室书桌边墙上,哥哥贴挂着一张英文小书签,上面写着:

God be in my head and in my understanding

God be in my eyes and in my looking

God be in my ears and in my hearing

God be in my mouth and in my speaking

God be in my heart and in my thinking

God be at my end and at my departing

(试译:愿上帝在我脑中也在我了解时

愿上帝在我眼中也在我看视时

愿上帝在我耳中也在我听觉时

愿上帝在我口中也在我语言时

愿上帝在我心中也在我思想时

愿上帝在我最终也在我离去时)

　　我含着泪,把书签取下,寄给远在台北的双亲。哥哥不久前亲自洗洁的一袋衣袜,呆站在简陋的小书桌旁。在哥哥的小记账本上,他一一记写:口香糖一毛钱,公车费一毛钱,等等。我那时看了好心酸。

父亲保留的这一束哥哥的家书，是有历史价值的。它们反映出一个非常的时代里，一个留美学生刻苦耐劳求学的生涯，同时也反映出那个时代的美国社会与人民。纽约圣约翰大学史学家李又宁教授认为，这些家书是中国留学生史中有价值保留的文件，热诚地愿代为出版，我非常感谢。这些哥哥原本的手迹信札，现由台湾"中央研究院"台史馆收藏。台史馆谢国兴博士主编浦大昌全部信件，于 2005 年出版《浦薛凤子女海外书简》一书。

读着哥哥的信件，悲哀一次次涌上心头，好几个夜晚我都不能睡好。

在我的小箱子里，我突在哥哥遗物中翻找到他涂写在纸上的一首还未完成的无题小诗。它似能表达出哥哥留美时曾有过的情怀，我如今记在下面，用来纪念这位在苦难时期赴美留学，历经坎坷，坚定努力求学，而不幸过早故世的圣贤哥哥浦大昌：

我又沉醉在昨夜美丽的梦中

啊　可爱的梦　甜蜜的梦

它使我得到短暂的欢乐

它使我忘却现实的苦痛

可是当它静悄悄地走后

万事都消灭得无影无踪

我希望它能停留

停留　直到永远

因为生命是那么短暂

再不然梦中的事若能成实在

岂不省却无数人们无谓的泪滴

　　半世纪前信中的字句，半世纪后的泪滴与悲痛，将伴着悠悠岁月，永远滴流着。

由刘丹玲谱成歌曲的浦大昌诗歌《梦》

我的大弟浦大邦

　　我的大弟弟浦大邦，在家中我们称呼他小名"邦邦"，自小聪慧过人。在学校里，他功课优秀，每年成绩常是班上的第一第二名。我们住在常熟时，祖父认为大邦眉目清秀，有读书人的模样，特别喜欢他。祖父亲自教我大哥浦大昌一个人读《左传》，教我和浦大邦一起读《论语》。我们那时念小学，邦邦仅小学二年级而已，对《论语》中的大道理，经祖父讲解后，我们只能一知半解，遇到难懂的生字时，邦邦总会想到灵活的方法把生字的发音等记住。祖父教了新的《论语》课后总吩咐我们读一百遍，他自己步出书房他去，留下邦邦和我在书房大声朗读，读了几遍后邦邦已能背得烂熟，于是就不想念一百遍，建议我们把数次数的"抽书签"拉得快些，因为念一百遍着实是不需要，背熟了就成了。

　　在常熟从小学一二年级时起，他同班的女同学中就会有人特别喜欢，女同学会在班上送小东西给他。那时，祖父曾说大邦的眼睛是"桃花眼"。邦邦只有七八岁时,有次祖母出了个鸡兔同笼的算学题目给我们,我正想要算,邦邦已不假思索马上答对了。那时邦邦才小学二年级光景,他的班上还没教过鸡兔同笼的数学,只是靠心算他就算了出来,让祖母和我们大家都很吃惊,这也显示出他的确聪明过人。我自小也感觉到他的聪慧,自叹不如。

邦邦自小兴趣广,对很多事物都感兴趣。常熟县南街的家斜对面,开着一个铁铺子,常有一个小学徒在店中红红的火炉边自早到晚打着铁。邦邦放学回家经过时总会驻足观看,和小铁匠成了朋友。有一次,那小铁匠打了一个头发夹让邦邦给我。好重的一支全铁发夹,太重了根本不能夹在发上,但从中也可看出小铁匠对邦邦的友谊。

大哥大昌身体自小较弱,总是很瘦,抗战时期在常熟,母亲买不起牛奶给我们四个孩子都喝,只好订了一瓶牛奶暗地里给最瘦的哥哥补补。我知道这回事,只觉得哥哥的确是应当补补的。但有一天这事被邦邦发现了,邦邦就很生气,问母亲说:"难道我不是你生的吗?哥哥喝牛奶,我也要喝。"一定要抢牛奶来喝。哪知很不巧,那天的牛奶中夹有牛尿,邦邦喝了一口,味道不好,连忙吐了出来,再也不闹着以后要喝哥哥的牛奶了。大家笑得要命。想来常熟小地方,牛奶的品质,那时还太落后。

去常熟前我们家住在北平。先是住在父亲教书的清华园,在清华园的草地上,我记得清晰极了,小小的邦邦无缘无故曾在我的肩膀上咬过一口,现在想来,那时大概是在他长牙的时期才会如此。

　　日本人占了平津后,我们家搬住北平城内,随后父亲去了大后方,母亲一个人带着四个年幼的孩子过日子。一次,邦邦坐在小洋瓷马桶上,不小心把手中玩的一粒带壳花生掉落马桶,大哭起来。佣人老高妈哄他,拿了另一粒花生给他,他偏不要,定要那失去的一个,摇着马桶哭叫着。老高妈就称他为"二犟爷",表示他的个性很倔强。

　　抗日一胜利,父亲要母亲一人先飞去重庆会面,然后父母同去南京。还都南京前,母亲嘱哥哥大昌和小弟祥祥由品珊表姐陪送先去南京会面,叫我和邦邦等在常熟待爸妈回来接祖母时再一起去南京。我那时挺听话,也不觉得这安排有何不好,可是邦邦认为他也该先同去南京的,很是伤心,吵闹着要把桌子当船自己去南京。那时我想哄他,特地去一家有名的店中买了花生糖给他,他还是伤心极了地哭泣了好多天,觉得委屈之至。祖母也相劝无效。

　　在南京时,邦邦和哥哥大昌先住读金陵中学,我走读中华女中。第一个周末回到家后,哥哥一点也不出声,而初一的邦邦就哭诉离家住读生活的不惯。后来因私立学校金陵中学和中华女中的学费太贵，邦邦和我就转学到中央大学的附属中学（简称中大附中）住读。邦邦小学时跳过级，因此在班上总是年纪最小、个子也小的学生。在中大附中的操场上，有两回我看见他和同学们打篮球，他个子小小地穿了童子军服，裤腰带长长地自腰间挂下在打球，已习惯了公立学校刻苦耐劳的住读生活。

1948年父亲受邀去台湾工作时，两个弟弟年幼，都和父母同去台湾住。我和哥哥虽然暑期间同家人一起去了台湾，但舍不得原来就读的学校，暑期后，我们选择了仍回各自南京的中学住读。哥哥在金陵中学，我在中大附中。过了些时，父母觉得一家人最好在一起，我和哥哥大昌才依依不舍地离开南京的学校，兄妹两人同到上海搭船去台湾。

邦邦和小弟祥祥在台湾放学后常玩在一道儿。时常由邦邦领头，做游戏，扮兵士在院子里假作打仗。祥祥喉咙大胆子小，跟在邦邦后头。两人如争吵了起来，邦邦细声责说祥祥，祥祥大声争论，被父母听到了，总是喉声大的祥祥吃亏。

大哥大昌，忠厚老实，稳重安静，不多语言，常一个人看书，自己装弄收音机。我比哥哥多话。平时，兄妹姐弟很少争吵，因为哥哥是不与人争的圣贤好人。我们如意见不一,生气时也不懂如何骂人,只会说"大头,大头""长头,长头""扁头,扁头""小头,小头"等四个人头型的绰号。母亲听了都觉得好笑。

有一回,小弟弟夏天穿了一件凉快衬衫,想对邦邦说"看我多凉快",但他因早年前读了些祖母看的古小说,一知半解,不懂词意,便用错了字,说成"二哥,你看我多风流",以为是风流动而凉快之意。邦邦笑坏了,便取笑他,告诉大家。小弟急了,便说"你别调戏我"。这是一个小学生曲解古小说中的字意,我们为之捧腹。

"从小看看,到老一半",江苏民间好像有这么一句老话,意思是讲一个人小时候怎么样,就可以看得出他将来长大后大概会怎么样。大邦自小就是个很突出的孩子。在台湾师大附中高中毕业后,父亲母校翰墨林大学给邦邦四年的全奖学金,包括学费膳宿一切费用,邦邦只用三年就读完课程和学分,以优异成绩毕业,得学士学位。

浦大邦成绩优秀,得到好几个研究院的奖助金,他挑了加州的柏克莱大学研究院读物理。在该校期间,曾任中国同学会会长,发起捐献运动,捐运寒衣给那时逃到香港的难民同胞。他的热心和关怀社会服务的行动,在学生时代已表现出来。一向待朋友忠诚,热心公益,大邦在美国求学期间，先后有好几个女同学主动表示喜欢邦邦。

1963年大邦在加州大学柏克莱读完博士学业后，先在著名的劳伦斯实验室研究高能物理一年，才去河滨加州大学(University of California at Riverside)教书，后任系主任，在校中设立能源科学所并任所长，且出任河滨市公用事业委员会(Utilities Board)委员。他和当地华商共同为河滨市早期在美华工先民发起捐建中国亭之举，成功地将一座中国亭建立在河滨市公共图书馆前。他的热心和亲和力，令他能和不同背景的人相处融洽。

浦大邦的研究领域广阔，涵盖原子分子科学、高能物理、高能重离子物理，并包括了能源科学。曾以多体物理方法，应用于原子放射，饮誉国际。

全时在加州河滨大学教书的同时，浦大邦是美国物理学会之学士(fellow)，且是其公共事务小组之成员，也是国际科学事务委员会美国代表团之代表，曾任美国国会议员布朗的科学顾问、香港中文大学学位考试校外评审人等等。

大陆开放后，浦大邦是我们浦家第一个去大陆探访的人。他曾去家乡常熟，特别去县南街看我们老家明代建的浦家祖屋，还挖了一小瓶祖屋院中的泥土带回来送给我。他在常熟看望了抗战时曾住在我家，才能在城内上学读书受教育的乡村子弟陶耀东，及那时能找到的亲友。

　　浦丽琳(心笛)与大弟浦大邦(中)、小弟浦大祥(右)合影于20
世纪60年代

浦大邦还去北京看望了父辈友人，我的干妈冰心、干爹吴文藻夫妇，并看到吴青，相谈甚欢。他去上海也探望了父辈的清华老友们。回到美国后，他把我干爹干妈的相片送给我，并说干妈冰心的眼睛特别有光彩，像个洋娃娃的眼睛呢。

　　浦大邦一直有一个理想，要回馈故土，想在中国的土地上建立一个第一流的科学研究所。有一段时期，自美国回到中国访问的华裔科学家众多，华裔科学家去大陆访问变成了流行的热潮。探访故土后，有些美国华裔科学家要和故土的科学研究所交流并想提高那儿的科学水平，但却没有人关心另一块也是中国的土地——小小的被冷落的海峡对面的小岛故土，那儿也住着他们的同胞。而且，不少美国华裔科学家曾在那小岛故土读过书，上过中学或大学，在那里接受过良好的教育后，才能出国深造的。浦大邦没有随着时潮热潮而行，而是挑了那时还没人走的路，试着以雪中送炭的心情，为台湾的科学教育和科学研究的提升而努力。

　　浦大邦于是联系多位他认识的美国知名华裔科学家为台湾的科学进步交流而努力。他请了氢弹之父泰勒先生去台北，请物理学家袁家骝和吴健雄夫妇去故土。浦大邦和其他知名的科学学者们在那儿先后开了两次国际性的原子分子研讨会议。

东吴大学物理教授刘源俊教授曾在他写的文中有详细的记载：

研讨会后，浦大邦的努力逐渐形成两个具体的方向，那就是设立原子与分子科学研究所及同步辐射研究中心。这两件事他都……动员了相当大的力量：前者他请李远哲一同推动，后者他则说服吴健雄和袁家骝两位院士，请他们……建议……考虑建造同步辐射设施。

后来浦大邦于1983年间积极协助"同步辐射可行性研究小组"，到美国访问、联系学人、筹办研讨会等等。1984年，他又促成顾问委员会的六位成员（吴健雄、袁家骝、丁肇中、邓昌黎、李远哲及浦大邦自己）在纽约开会，写成对该小组研究报告的评估报告，具体建议台湾建一个同步辐射仪。

当年的许多物理学者总以高能物理为职志，看不起原子分子物理这些"低能"玩意。其实，以台湾的客观环境，是不宜发展高能物理的，原子分子科学既需费较少，与工业发展密切相关，又能整合物理与化学界，是应该要大力提倡的。然而说来可怜，当时在台湾研究原子分子科学的学者，实在屈指可数。

至于原子与分子科学研究所的设立，则又是另一条既交错又并行的线。在浦大邦会同李远哲奔走下，1983年的"中研院"院士会议中通过要增设原子与分子科学研究所筹备处……

至于原子与分子科学研究所筹备处一开始就由浦大邦推动成立一个咨询委员会，邀请海内外知名科学家参与则是开"中研院"各所成立咨询委员会的先河。

浦大邦留给台湾科学界的遗产，绝不止有形的这两个机构而已。他的乐观积极而奋斗的精神、开阔的心胸，曾启发了许多年轻人的心灵，鼓舞了许多茫然的研究者。

浦大邦常说，随着科学的进步，个人独立研究的方式已落伍了，应该提升为团队研究（teamed research），团队研究又应该提升为有组织的研究（organized research）。他鼓吹筹建同步辐射仪，最重要的着眼点就是想借这一利器，促进科学界的合作……

浦大邦又提倡"科际"的研究，这往往是最能获致突破的领域。同步辐射研究可以结合物理、化学、生物、工程与科技的学者，原子与分子科学研究则可以结合物理与化学、光电方面的学者。要从事有关研究，必须个人跳出他自己的小圈圈……

台大的金传春教授曾在《浦大邦的教育理想》一文中说：

浦教授叫人感怀的有三：

一、他有能以"感召群智"，化为具体行动。他有知识分子的使命感与反思力量。二、他有"赤子之心"。三、他对科技政策与科技发展过程有整体观的睿智。

不辞辛劳地奔波着，精力充沛的浦大邦，热心，人缘好，……为了要成立同步辐射研究中心，"费尽心力，敢言他人不敢言之言，做他人不能做之事"。

诚如刘、金教授等所言，浦大邦有"天下兴亡，匹夫有责"的意念和赤子之心，他能"感召群智"来具体推动台湾科学教育的理想，提倡合作研究科学的精神，以热心和远见，不辞辛劳地推动和设立最先进的科学研究所。浦大邦的坚持和努力，终克服万难，成功地建立了原子分子研究所，及同步辐射研究中心。任劳任怨的浦大邦，为了要建立一流的科学研究所，无数次辛劳地长途奔波。由于过于劳累，1984 年 12 月 15 日他在台北会议桌边开会时突然倒下而奉献了自己的生命。那时，他才 49 岁。他的英年早逝，是科学界的悲哀，是浦家永远的深深的伤痛。在浦大邦的追悼会上,吴健雄博士曾落泪,泣不成声。

　　岁月悠悠,三十多年过去了,这深深的伤痛,令我一直无法无能来提笔写一篇纪念他的文字。

难忘的记忆

我的干妈冰心

爱在左,同情在右,走在生命路的两旁,随时撒种,随时开花,将这长途一径,点缀得香花迷漫,使得穿枝拂叶的行人,踏着荆棘,不觉得痛苦,有泪可挥,也不是悲凉!

节录"寄小读者"通讯十九,应丽琳亦女清嘱

冰心　甲子处暑前三日

我常常走到客厅,读看 1984 年冰心干妈写给我的这幅字,超逸挺拔的字,一个个有寸把大,读着看着,我似乎就看到了一个纤细如兰、素雅如玉、怀着爱和同情的身影,撒种,开花,走在布满荆棘的中国的路上的冰心。

认冰心为干妈,是在抗战刚胜利后的南京,距今已七十余载。认干妈没多少年,我们便天各一方,不通音讯,不知死活。1983 年与 1984 年再相见时,干妈冰心已白发苍苍,干女儿也已视茫茫了。

爱在左，情在右，走在生命路的两旁，随时撒种，随时开花，将这一径长途，点缀得香花弥漫，使得穿枝拂叶的行人，踏着荆棘，不觉得痛苦，有泪可挥，也不是悲凉。

丽琳青女清嘱

节录《寄小读者》通讯十九章

冰心 日于处暑前三日

冰心手抄《寄小读者》赠与浦丽琳（心笛）

抗日战争时期,母亲为了让父亲逃到大后方而无家累之忧,带着我们孩子陪祖父母住沦陷区江苏常熟。胜利后团聚在南京时,我们才重见到父辈的朋友。冰心夫妇,是父亲在美国读书时有深交的好友,抗战时他们全家在大后方,胜利后歌舞升平的南京,是我们两家相见的地方。

我记得清楚极了,那个特别的星期六下午。我从住读的中大附中回家,母亲在楼上大睡房中听到我上楼的脚步声就叫唤我的名字,并说:"快来,来帮我拔白头发!"母亲正坐在梳妆台前梳头发呢!只有四十岁左右的母亲,在我看来,仍是一头乌黑的发丝,哪有白发?"你帮我找找看。"母亲把发丝散开来。客房门开了,走进一位身材纤细的女客,母亲忙叫我唤一声"吴伯母"。女客微笑地说:"我也常叫我的女儿帮我找白头发呢!"她转向母亲道:"我的白头发可比你的多,全藏在我的黑头发下面呢!"

这位出现在我们南京颐和路五号家中的女客,有着两只深沉明亮的大眼,她的形象,是如此的超俗与不凡,和一切我所见到过的女士们都不一样,我禁不住看了又看,静静地不出一言。她穿着一件呢旗袍,深灰色的底子上散着极其细小、比小雨点还细的点子,点子上有着些微的蓝色白色和几乎看不清的暗红色彩,把素静的深灰,缀得像散有繁星的冬日夜空,隐约中好似静中有动。黑黑的直发,卷起了一个髻,落在耳后颈间,白白的肤色,愈发把两只大眼睛映得像湖般清澈。这湖,似是有蓝天绿荫倒影的湖,不是寻常的湖。对了,是有灵气的湖。

浴室白色毛巾架上,晾着两条半透明的长长的袜形的东西,一定是这位女客吴伯母的。我暗地问母亲,才知道这是美国新出产的尼龙袜,那时叫做玻璃丝袜。这位像中国兰的文静女客真奇怪,她是既中国又西方,洋溢着中西文化之美的一个人。她说话的音色很美,和我母亲一样,是带着阳光、十分明亮而悦耳的声音,这声音中还带着正气浩然似的。我心中马上就很喜欢她,也有一点怕她。我喜欢她的超然的典雅与和善,怕她的两只智慧大眼睛一看就看出我不是个能言善道且十分灵巧的女孩子。听说她来南京开会,她是知名的作家冰心。

记不清哪一天开始冰心成了我的干妈,吴文藻伯伯成了我的干爹,也许是幼年受沦陷区环境的影响,我十分害羞内向,对改口称干爹妈不好意思,在南京家中饭厅的圆桌旁,冰心曾打趣逗我道:"不好意思叫干爹妈? 哼,我还喜欢你做我的媳妇呢!"大吃一惊的我,连忙硬了头皮唤干爹妈,心中不禁暗自想,这么和蔼文静高雅的干妈,竟怎会如此逗人打趣! 原来干妈冰心是极其风趣的人,口才之好,是出众的。

在南京时见到的干爹,个子十分高,方形的脸,严肃庄重,不多说话,有着学者的风度,记忆中特别清楚的,是干爹刮过胡子的两颊,好似有着一抹青山隐隐的浅青色。冰心干妈和她的小女儿——那时已会满口英语,梳着两只小辫子,活泼蹦跳的吴青——来我们家的次数较多,干爹的次数较少,在我那时的心中,干妈冰心像一株白色洁丽的兰,而干爹却像一棵高高瘦瘦沉默的青松。

冰心干妈送给我的第一件礼物是一只红色小型的玻璃皮包,是自美国带回给小孩子挂用的,上面写了我的名字,并有"干妈冰心赠"的字。初三年级班上演话剧,我登台时用过一次,同学看到了冰心的字迹,大家抢去传看,把字都摸得模糊了。我后来一直珍藏在箱中,从没用过。

班上有少数同学,知道冰心是我干妈后,便打趣硬说我的作文是冰心体,一定是干妈教的。我那时读过冰心干妈的诗与文,但却没去寻读所有她的作品,我这由沦陷区插班入学的学生,英文比同班的少读了两年,感到功课压力很重,不敢花时间读课外书籍。小学时暑假祖父教我们读些《论语》,母亲教我们背《古文观止》,对新文学方面的书籍有闲来读看时,是离开南京之后。可是,干妈冰心的书籍,在台湾长时期等于是"禁书",书店中找不着,等我能找到冰心干妈的书时,却是在美国大学的图书馆里!

在南京时,有一回,冰心干妈送我回学校,到了中大附中的校门口,她坚持要到我宿舍看看再走。那天,为时还早,同学们都还没回校,当我们步出女生宿舍时,兼任舍监的张老师突然出现,和气地和我们打了个招呼,我就陪干妈一路黄泥杂石走经小河、饭厅,拐向校门去。当我步归宿舍,张老师满脸好奇地问我:"刚才送你回校的是谁呀?"我说:"是我干妈。""你干妈是不是谢冰心?"我点点头,张老师大声地懊恼我:"你怎么不介绍呢? 介绍了我就能多和她说些话了。我喜欢她的作品,啊,太可惜了,你怎么不懂得介绍呢?"我也懊恼之至,怎么自己不知道该介绍呢!张老师是真爱冰心诗文的早年读者。至今,新加坡、印度尼西亚、南洋一带的华侨学生中,都有冰心的广大读者群。许多冰心的诗与文,是充满着爱心、智慧、隽永而典雅的诗与文。她温婉的气质中闪着灵气与刚毅,朴素的笔调中有深度与超然,有似平常的字句里飞跃着不平凡,她的诗与文,不是物欲社会中镶金的五颜六色的宝石,而是博物馆里润洁透明的中国玉!

　　好似一个近秋的季节,父亲、母亲、我和干爹妈一起去玄武湖划船,湖中荷叶半绿半枯,长得仍然很高。大人们说着谈着,我只注意到那晚的月亮很白很亮,映在湖水中有一股凄凉。风渐渐地起了,我心中纳闷着,怎么哥哥弟弟没有一道来，而又这么晚还在外头划起船来。原来，从玄武湖，我们要去火车站，干爹将要远行。原本白而亮的玄武湖上的月，到了火车站月台望去，却成了模模糊糊黄黄的一块饼了。火车的白烟飘起，车笛声起，冰心干妈搂着我话别，我才惊觉："怎么干妈也走？"母亲直笑道："傻孩子，干爹走，干妈当然一块儿走。"接着叮嘱干妈保重身体，不要着凉。冰心干妈俯身吻了我，就被扶上火车，驶离南京，那大约是 1946 年，冰心全家赴日本那年。

南京火车站上的挥别，竟成了我父母亲与至交永生的分别，对我，则是三分之一世纪和冰心干妈与文藻干爹的阔离。成千万的中国老百姓，经历了比我更多更深的苦难，我不知道自己有没有资格来哀惜恍叹这些一去不返、不能与干爹妈联系相处的时光。

我家随父亲的新职，于 1948 年搬到台湾去，渐渐地和在日本的干爹妈失去了音讯。在我获得美国学校奖学金意外地赴美求学前，却突然收到冰心干妈托人由日本带送我的一双发夹和送母亲的一只别针。母亲拿着别针，敏感起来，说不太好，别针中有"别"字，会不会有"别离"的暗示呢？我到美国后和冰心干妈通过信，在浅蓝色的信纸中，曾有一段她的话我当时并不全能懂得，并还有点感惊异。不久，就再没信来了。后来，才知晓他们离开了日本，千辛万苦,转道香港,退辞了美国耶鲁大学给干爹的聘书,而回到那令千万人魂牵梦系的锦绣山河中去了。母亲早先对别针的预感,果然成真。"文革"期间,传出冰心遇难的谣言。母亲落泪,海外人士难过惋惜,台北报章都有过悼念冰心的文章出现。一年,我路经波士顿,特地一人去哈佛大学,奔向燕京图书馆。在排列着冰心著作的书架旁,我静立着,抚看着书,心情的悲沉使我禁不住低唤:"干妈,您活在这儿! 您在哈佛图书馆中!"

当1983年我与干爹妈再相见时,我不敢多提到当年,深恐触到老人家过去的伤痕。

我弟弟大邦,在1979年随美国旅游团去北京时,打听出冰心干妈家的地址,去探望了他们。干妈送了一本她的书给我,由大邦弟带回美国。大邦弟告诉我们干妈全家的情况:两个女儿是出名的英文教授,儿子是建筑师,均已成家,全在北京。"你的干妈冰心的眼睛很特别,发亮的,像是蓝色的眼睛,非常漂亮,像洋娃娃的眼睛!"弟弟大邦兴奋地形容着,却又加强语调,"姐姐,你干妈冰心在那边环境中生活了这么多年,她并没有动摇她的信仰,她还是有信心与理想,坚信着中国前途的光明。她还是天真与年轻!"

为了能去北京看望冰心干妈,在干妹妹吴青的鼓励下，我携女儿凌丹于1983年夏，参加了观光团去大陆。抵北京后的第二天中午，我和女儿就脱团，搭车去中央民族学院。进了民族学院，步行了相当长的一段路，东问西问，才找到家属宿舍高知楼。走上水泥的楼梯，找到公寓的号码，一阵红烧牛肉香扑鼻，干妈电话中叫我们吃了晚饭再回旅社，这一定是要招待我们的好菜呢！高知楼内的冰心干妈、干爹，当然和我记忆书页中南京火车站上的模样不全相似了。冰心干妈的发，已成灰白，剪短了直梳在耳后，纤细的身子，穿着一件浅蓝的布衫、一条黑裤，道道地地中国老者的衣着，手边扶着一根木手杖。她的眼睛，明亮如湖，闪着不寻常的光，清脆美丽的声音，一若往昔。干爹身着白衬衫、灰布西装裤，沉静少言，较以前瘦弱多了，但仍像一株高瘦的松树；苍白的两颊，已不呈壮年时代青山隐隐的一抹胡须根了。冰心干妈谈笑风生，干爹偶尔面露笑意，干妹妹吴冰全家晚上都来了，我们团坐在窗前方形的餐桌边共进晚餐。有一盆菜，西红柿片，唤起我童年时的回忆。

离北京前，我再想看看冰心干妈，打电话去问："能不能于晚上九点之后去？会不会太晚？""不会太晚，尽管来！"童年好友吴希如大夫陪我前去。冰心干妈送我两本书，并早在书上圈出要我先读的几篇文章，并鼓励我除写新诗外多写散文。

第二年夏天,应冰心干妈之邀,我飞到北京,在冰心干妈家中过了近一个月舒畅无忧、自由而无责任的生活。这是我和干妈冰心相处最长的一段时间,也是我一生难忘的一段日子。那晚,两位干妹妹去飞机场接了我,抵干妈家时已是半夜,冰心干妈躺在卧室还醒着,暗中搂吻了我的面颊才入睡。干妹妹道:"娘一兴奋就睡不着呢!"干妈仍然是个敏感易失眠的文人。第二天清晨,冰心干妈来到我室中,扶着手杖,为我盖被,看望了多次。越洋的时差,使我困倦不堪,蒙眬中知冰心干妈扶着拐杖在我床边,而万斤重的眼皮却无法开启。我突然成了个大孩子,沐浴在干妈冰心全家的爱护中。窗外传来中国早上的鸡鸣声,一若往昔童年听到的鸡鸣,三分之一世纪,在这片刻,似乎并没有曾溜走溜光,干妈冰心和我俱未曾老去!

每晨,冰心干妈全家一大早就起床。冰心干妈第一件事是登记账目,处理家中买菜等费用的开支,指点家中事务后,六点半左右进早餐。早餐每日有鸡蛋、牛奶、面包、稀饭、酱瓜等。干爹干妈吃得少极了。早饭后休息少许,干爹干妈就面对面各自坐在卧室中临窗而置的两只大书桌边,各自看书、写信、研究、写作等等。中饭后,短短的午睡后,干妈接见一批一批求见的客人——国内的、国外的、年轻的、老的。她总是不厌其烦地平易近人地和来访的人谈着。她女儿女婿在家时就会示意冰心干妈别谈得太累，客人往往都舍不得离去。我怕冰心干妈会客伤神，曾信口而道："干妈，您已年长，大可以挂个'谢绝来访'的牌子，不让人来占您的时间、伤您的神了，说话陪客也很劳累的啊！"而冰心干妈却道："这也是我起码该替国家做的事啊！"她就是如此地付出自我，为了鼓励年轻的作家，为了接见外宾，为了文化的交流，为了中国！

冰心干妈的心中，有着对中国和同胞深沉而不变的爱与理想。深爱中国的情操，可从冰心年轻时的文章与活动，直到今日冰心的文与行中看出来。她也如是教导她的子女，使他们个个都爱中国，爱老百姓，怀着强于常人的使命感。和冰心家人谈话后，常使我感到，虽然他们在故国故土遭遇到不少的苦难与折磨，但是他们勇敢地活过来了，为自己的人民与土地奉献，他们的精神是可佩的，他们的生命是有价值的。比起活在海外的我们，是谁幸，谁不幸呢？我猜想，也是这份爱故土故民的情操，使干爹干妈当年不接受美国耶鲁大学教授的职位，而选择回到出生的土地上！1987年，干妈写了《我请求》，1988年又写了《无士则如何》，全是爱民心切、爱国心切的话语，只有坚强勇敢的冰心才敢写，才写得出！

1984 年浦丽琳(心笛)与干妈冰心合影

朝夕相处的日子里,我看到这"国宝"级冰心干妈家的生活是节俭朴实的。冰心干妈曾推却为她特建一所房子住的建议,宁可住在民族学院家属宿舍中,与小女儿女婿为邻,公寓是宽敞朝南有暖气与现代化卫生设备的。他们家,从不出去吃馆子。在晚餐时刻,祖孙三代天天欢聚在一起。

　　访客较少的下午,喝过绿豆汤后,干妈冰心就和我聊天。我曾问:"听父亲说,当年追您的人好多,您如何挑选干爹的呢?""噗嗤"一声,干妈笑了起来,真像一位16岁的姑娘:"那时人家第一次见到我,总说'久仰久仰'客气话,你干爹没说'久仰',反而问我有几本文学评论的书读过没有。"接着笑出声来道:"我告诉你干爹我没读过那几本书,你干爹就不客气地说我该多读些这方面的书,不然留学美国也是白留之后,他寄书给我!"冰心干妈是在留美渡洋的船上遇见同船赴美的干爹的,那时冰心的诗文,早已扬名全中国。可见冰心以"真"取人,胸怀是如何的不凡。

　　我们家全都知道冰心和父亲去看哈佛大学球赛淋雨生病住院的事情。那时,父亲在哈佛念书,受干爹吴文藻之托照应在威士理女校深造的女友冰心。父亲邀了冰心去看哈佛球赛,大雨倾盆,把冰心淋湿得病。父亲起初不知冰心病了住院,后来知道了去探病,冰心还宽解父亲的

一一〇

歉疚说，生病偶然，不一定与淋雨有关。那时父亲好友李干伯伯等听说父亲认识冰心，也曾一道去医院中探看冰心，以便看看享有文名的冰心本人。冰心病床旁，有一张自己的半身照片，上面有冰心亲笔写的两行字："至死犹留兰气息，他生宜护玉精神。"冰心年轻时体质以弱闻名，病床旁的相片上写着这两句诗，叫父亲敬佩不已。

冰心干妈的精神与思想，至今仍年轻，毅力坚而胸怀豁达。1980年，她得脑血栓后，摔了一跤，右边曾偏瘫。忍着骨折与痛，她练习走路与写字，终于克服了困难，扶着拐杖，冰心干妈在家走着，写着，关心着社会上的事、老百姓的事。

冰心对老朋友，也爱热心相助，早年出名的小说家凌叔华女士，多年独居英伦，十分孤寂，冰心就劝她回北京长住，并和朋友商洽，为凌叔华女士安排好公寓和职务。凌叔华曾回到北京看看，返回英伦后迟迟做不了迁往北京的决定，一拖再拖。我相当能了解凌叔华女士矛盾的心理，也关心她独居异国晚年的孤单。1984年夏，我去冰心干妈家做客以前，曾接得叔华伯母的信，问我夏天能否去她英伦的家中住几天，我因不顺路，没能前去，和干妈提起，干妈就叹道："她早该回来！早该回来！这样犹豫不决别弄得老死异国！"那时，我觉察到冰心干妈和凌叔华伯母两人性格上的不同。冰心干妈是当机立断、会做决定而勇于面对未知的人,叔华伯母是优柔寡断、顾虑较多的人;当然,这与环境和经验都是有密切关系的。

冰心家的客厅里,挂着梁任公写的一副对联:"世事沧桑心事定,胸中海岳梦中飞。"在这儿,我见到许多位作家,如丁玲、张洁、邓友梅、卓如等。

冰心干妈问我认不认识一个南加州的爱国华侨,这人的名字我听人提过,说是个爱出风头的投机小人,我从实把我听说的讲了出来,冰心不作声,很是失望似的。我突然觉得,隔了海洋,谁能看得清对岸的人的真相呢?谁又能不受报章宣传的影响呢?

干爹吴文藻教授,那时还带着研究生,指导研究与论文。他是道道地地中国传统的学者君子,默默地贡献,做学问,大智若愚的那一种有真才实学的人。他的文学修养十分高,但从不炫耀自己。他和干妈冰心的情感是深刻感人的。干爹那时说话的声音,枯干微弱,双目仍炯炯有光,走路是极慢而小步子的。干妹吴冰那年正从事编著美国作家杰克·伦敦作品的工作,饭桌上谈起时,干爹直说:"你们讲下去,我喜欢听。"

也许是巧合,我曾出过一本《贝壳》集子,在我离开北京前,冰心干妈取出两枚风格不同的贝壳让我挑:"是青岛

浦丽琳(心笛,左三)与冰心(左二)、吴文藻(右二)及其家人合影

的贝壳!"细看这两个形状不同、色彩不同、粗细不同的贝壳,我一时不知所择。白色细致有浅棕线条的美丽,但恐易碎;有棕黑斑点半个蛋形的却粗坚豪放。于是我脱口说:"我都喜欢呢!"干妈就不假思索慷慨地都送我了。如今,我的桌上安放着这两只比鸡蛋还大的贝壳。因为它们来自中国的青岛,来自冰心干妈的手中,我对它们有种特殊的情感,万分珍惜。在这两枚贝壳上,似显示着冰心干妈的纤细与坚强!

使我难忘的是离开北京的早上。早餐方毕,冰心干妈拥别我后,我向干爹道别,只见干爹双眼沉凝,挣扎着小步向干妈扶去,我猛回头,原来冰心干妈双手遮掩了脸,正落起泪来,我赶忙走上前说了声:"我还会回来的。"

冰心干妈原是这样重感情的人,我心中也着实舍不得离开她。驶往机场的街上,上班的自行车人群还没出现,稀弱的阳光照着,不出声,我坐在车中,任泪静静地流下,闪着朝阳的辉亮。偌大的北京市,偌大的中华土地,原本对我,是何其的陌生!若不是冰心干妈的相邀,我何以能亲近这块陌生的出生的土地啊!北京,如今是一个令我心中感到亲切的城了。这土地,这儿的人,与我的血是相连的啊!

在我离开北京不久后,冰心干妈有感于这段相处的日子,写了篇小说《桥》,将人际关系和人名改了。我一两年后读到时，感动极了。干妈要我做一座桥，让两岸的文化在上面交流，我将努力并永记心头。

　　干爹身体日渐弱下去，1985 年 9 月，终于仙逝。冰心干妈将存款 3 万元，捐给干爹执教的中央民族学院研究所，作为社会民族学研究生的助学金。爱教育与学生之心，可见于此。《我的老伴——吴文藻》一文中，冰心写出他们共同生活 56 年的喜乐与坎坷。其中提到干爹是"绝顶认真"的人。冰心的婚姻与家庭论、幽默的金字塔诗等，都在这篇文章里。

　　1989 年 3 月，冰心干妈为我的《折梦》小集写了篇序文，后来又为我题写"折梦"两个字。后来我读到干妈写的《施者比受者更为有福》一文时，才知道干妈那时已经"右膝骨上骨节增生，眼睛里又有白内障，起来、坐下、看书、写字都有困难"……那篇序文，那题字，是在何等情况下所写！啊！一字一墨均是爱！

　　后来，冰心干妈托人带来一本《冰心近作选》送给我，好些夜晚，灯下细读，一字字，一篇篇，引我走入了干妈生活与心灵的世界——童年的、少年的、壮年的和老来的世界，这个世纪以来中国的世界。起初，我含笑而读，心中无比的温馨，读到后来，禁不住掩卷而泣，感触万千。

　　《冰心近作选》中有《我的童年》《我的中学时代》《我的

大学生涯》《在美留学的三年》《我的母亲》《我的三个弟弟》《我的老伴——吴文藻》《回忆七七》《从五四到四五》等文。干妈生活中最亲切的人物与时代，都跳跃在这书页中。

　　书的后半部中有《说梦》《病榻呓语》《一颗没人肯刻的图章》等文，洋溢着幽默，带着一种难以言传的老年的寂寞与苦痛。这寂寞，是人的寂寞！这苦痛，是生命的苦痛！生命是一路走来的奋斗啊！欢乐纵使存在，年轻人仍有年轻人的苦恼，壮年人有壮年人难行的路，而老年人精力体力的渐弱，怎不是另一种荆棘刺足的路途！仍在关心着社会与老百姓并且仍然写作的冰心干妈，正忍受着躯体在老年时的痛楚与行动的不便。文中，她戏语自己是"废人"，竟曾想四处找人为她刻一枚"是为贼"的图章来"嘲弄自己"，那句"恨不得甩掉这一个沉重痛楚的躯壳"的话，使我泪下，我的心飞向干妈。

　　多少年来，工作与家中的牵绊使"我还会回来"的诺言没能实现，而我的心，又何止曾飞向冰心干妈千次万次！

《心笛诗集序》

冰心

心笛是侨居美国的中国女诗人，她原籍江苏常熟，1930年代左右生在于北京，在沪未和上海上过中学，1950年赴美，大学后时期是在美国度过的。

心笛是一个热爱祖国热爱同胞的诗人，她身在异邦心向祖国，她用祖国的文字像溪流水般自由畅快地写出她心里的生活中心北迫和因国事家事而引起的浓浓的哀愁。

详她的诗的理解还是要读者自己仔细地去读她诗。

我自己喜欢她的没有标点符号有时分段而多半是不分段的自由写法

(15×16＝240) 人民文学

冰心为浦丽琳（心笛）诗集作序手稿，遗憾此序邮程较长，未赶在付梓前编入

星光隐退

　　星光隐退，兰已枯萎。安息了，冰心干妈，我们哀悼!

　　星期日，2 月 28 日(1999 年)南加州的清晨，电话铃响，是冰心疼爱的外孙陈钢自芝加哥打来的。"姥姥过去了，"他沉重地告诉我，"刚才北京晚上九点钟。""怎么会呢?"我惊问。"姥姥的血压没有了。"我瞄望桌上的电钟，我这里的时间是六点四十几分。这半年来，我从冰心干妈女儿们与我的通信中，知悉情况较前好，冰心干妈有时在北京医院还能坐起来。以中国岁数计算，冰心干妈是百龄之人，她是长寿而有福气地"福寿全归"了。"我们都盼姥姥过十月五号满一百岁的生日，"钢钢说，"我爸妈现还在医院里……北京要为姥姥举行国葬，姥姥要一切从简，叫我别回去，我要回去的。"

　　冰心干妈仙逝了，我心中有无限的哀思。虽然这是自然的规律，明知人生总有终，怅然之感，沉重之感，仍挥之不去。记得在 1985 年干爹吴文藻教授故世后，干妈的来信曾说:"人生总有这么一回,死得安静,比什么都好。"冰心干妈一向对生死看得自然、平实、开朗,听说她十分安详平静地离开了这个尘世。在这之前,她和最亲近的外孙陈钢早谈说身后之事,一些不忍对子女说或请子女做的事,她暗中托外孙代办,诸如请人写她墓碑上的字,用何种石做碑,汉白玉石是她喜欢的碑石。

那晚,我辗转不易入眠,感觉似乎冰心干妈离我很近,就在床旁,用慈祥的眼睛看着我,像那个我在她家住的夏天时那般。想起,自1980年秋天得病后,冰心就不良于行,不参加社会活动了。她在《说梦》一文中写道:"白天,我的躯壳困居小楼里……夜晚中,我的梦魂却飘飘然到处遨游,补偿了我白天的寂寞。……我的灵魂寻到了一个高旷无际的自由世界,这是我的躯壳所寻不到的。"在1988年写的《病榻呓语》中,有这几句:"我的飞扬的心灵,又落进了痛楚的躯壳,我忽然想起老子的几句话:吾有大患,及吾有身;及吾无身,我有何患。这时我感觉到了躯壳给人类的痛苦。"十几年来,冰心干妈忍着身体上的痛楚仍不停地提着巨笔,为中国的教育和知识分子仗义而言,写出了许多有力的文章,爱国爱民之情洋溢其中。如今解除了"痛楚的躯壳",干妈啊,您的灵魂飞扬起,在宇宙中遨游了,到了一个高旷无际的自由世界!

冰心干妈在文坛的贡献,是具有深远影响力的,我个人认为,这一个世纪的中国文坛,很少有能够与她相比的。她长长的一生,跨了一整个世纪——中国多灾多难的 20 世纪:自五四运动起,冰心一直在坚强勇敢地奉献自己,走过风风雨雨,走过"文化大革命",从不曾失去她的原则与信念。她以自然、真诚、平实的笔,写出智慧的诗篇和充满爱与远见的散文。她是新文学运动的先驱! 一代又一代的少年青年,被她的文笔滋养激发,且将永远如此下去。

冰心清高雅洁的人格,更是受人尊敬。她平易近人,一点都没有时下许多文人的"傲气",我感到她是柔中带刚、含蓄而敢言、灵气高而稳重、慈祥而有博爱心的人。她有她独到的看法,有勇气与毅力,是一位不平凡的巨人。

我把冰心干妈以前写给我的旧信,翻找出来重读,信笺上笔迹秀丽,语气温和而关切,读之如见其人,感到眼眶中有温泉涌出了。一封信中,冰心干妈写道:"我对你那边的生活,只能从你诗和散文中来体会,但那都是有点忧郁,有淡淡的哀愁。"另一封中说:"看你那种匆匆忙忙的样子,已十分心疼,吴青说你有时累得躺在地上打电话,真是不可思议。"又一封信中写道:"你要珍惜你的天才,不知你怎么能摆脱你的忙累? 现在暂且不要着急。"另一封信又写道:"你说你的生活,像大石磨下的麦粒,这话使我心痛,你

亲爱的丽琳：

你的信（十二月十日）和贺年片都收到了。

谈到写作，总要自己写自己的，写自己的真情实感，不在写作内容作你熟悉的，有自己的风格，然主权在你手，有别人如此演，我也勉强，

每枝未过，可惜那里有许多别的客人，到星春荣带车送她到大门口，她们谈了一下。比来

托参考处图书馆的顾问，是图书馆采集外国新参科学书籍的顾问，还这图书馆的馆长，今年九十六岁，都很热忱，来谈任花今年一定成行，是期盼语，

一切都写以后辨。

冰心致浦丽琳（心笛）信札

什么时候能再来休息一时呢?""在美国就是必须公私兼顾,使得有能力的人也不能多写……你以后还能来么? 趁我还在,居住也有条件,可以好好休息一些时候。"再有一封信中写道:"真心疼你那种忙法,你生活在美国,却苦苦守着中国的伦理道德,弄来弄去,只忙了你一人,我希望你明年真能来休息几个月,我再和你畅谈我的看法。""一个人同时要做好各方面的工作是不可能的!"干妈的关心与爱心,我衷心感激,但却一直都没法摆脱无奈的忙,没能再去北京她家中住,听她谈她的看法,真是我的遗憾!

　　冰心干妈有美满的婚姻与家庭,我在北京与干妈共度暑假时,就被全家祖孙三辈之间的爱与温馨感动极了。干妹妹吴青是最小的女儿,得到母亲的爱也最多。因为她和夫婿陈恕教授、儿子陈钢就住在与冰心夫妇公寓相连相通的对面公寓内,每天都朝夕相处,生活在一个屋顶下。而陈恕教授对两老的就近照顾,无微不至,如同亲生子女般。冰心的长女吴冰温文尔雅,是有深度的学者与教授,其夫婿李志昌先生,也是一位极其优秀的爱国学者。长子吴平住得较远,是杰出的建筑工程师,其妻是医学专业人才,但每星期均回来与大家团聚。吴冰一家因住得不远,每晚均回来一道吃晚餐。我觉得冰心干妈真是有福气,他们所享

1983 年在冰心家中,左起:吴青、冰心、浦丽琳(心笛)、吴冰

的天伦之乐、父母子女之情，似乎比一般人多。那时我自己母亲已故世，手足也分散在不同城市，对冰心干妈一家真是羡慕之至，但也感到幸运，分享了一个暑假的温暖。

吴冰干妹妹在1997年致我的信中曾提道：冰心干妈的身体和精神比住院前差得多，她绝大部分时间是卧床，有时喊"不舒服""心里不舒服"，但头脑十分清醒；她常对子女说"我爱你"，有一阵子她曾多次对子女说"活得没意思"，后来她却希望看到香港回归，冰心的爱国爱人之心，至老不渝。也是她这份强烈的爱子女家人、爱国爱民的情操，使她能忍受身体上的痛楚与困扰，为她的所爱而挺着活着。她心中偶曾有过"恨不得甩掉这个沉重痛楚的躯壳"的念头，在她《一颗没人肯刻的图章》一文中看得出来。

我一向觉得冰心干妈像一株兰，清高雅洁。在日常生活中，没见她珠光宝气大红大绿过，她的穿着也素雅得很。数年前，为了替她"平反"（以前有人写贬冰心之文发表于台北报刊上），我写了篇《冰心干妈》的长文，刊登后寄给干妈看。她看了我的真实之言，却谦虚地说"浮夸"了。其实，一点也没浮夸，冰心就是一个超凡的人！

兰已枯萎，星光隐退，冰心干妈，您将永垂不朽！

凌叔华的漂泊之苦

　　记得早年当我第一次读到凌叔华的《绣枕》时,就被作者的才华深深折服了,我当时认为《绣枕》是中国现代最好的一篇短篇小说,比张爱玲和别的名作者写的小说要高明深刻,也更感动我。《绣枕》刻画出一个时代、一种社会情况和那个时代女子的生活与心理,有很高的文学和历史价值,令人感叹深思。

　　20世纪80年代,我女儿在英国的学业结束,当我要去英伦参加她南加大在英国举行的毕业典礼时,正巧在报章上看到一篇文章,说凌叔华正住在英伦。父亲那时已和凌叔华有信件往来,询问之下,父亲写信给凌叔华女士,介绍我去英伦时登门拜望这位我心仪的作家。

　　到达伦敦,女儿来接。女儿为了省钱,安排我们住在城外一镇上,并已买了与我去欧洲游览的车票,不日即将出发。我与凌叔华伯母马上通了个电话,她嘱我欧游后再去她家看望她。

欧游回到英国后，我们电话上约定了一天下午去她家，女儿带我搭了火车及地下铁一道儿去拜访。抵达她的住处，见到了洁白朴素的凌叔华。她脸上一无脂粉，穿了件素色的衣服，头发上包了个布巾。她的英国女婿秦乃瑞教授也在，茶几上还准备了数碟糖果，用山楂片、陈皮梅之类的零食果点招待我们。她送了我一本她用英文写的自传性的书 Ancient Melodies（《古韵》），并给我一份她早年写的《新诗的未来》的小册子，以及她去了敦煌后写的有关敦煌的文章。

记得她进门处放了不少旧报纸、杂志、瓶子之类的东西，壁上挂着她画的小品中国画。她平易近人、纯朴的个性，给予我一种气质"不凡"的好印象。我只是单单纯纯地去看看她，不善言辞的我，没说也没问什么话。

自英回美后，我们通起信来。她信中曾说："一个诗人，如果只能写众人可写的诗，那就不必再写了。"次年我寄了一本我的诗集《贝壳》给她，她看后给我极大的鼓励，过誉地说"我国新诗界已有传人"，又说"书上两篇序也很好，尤以诗代序尤为出色"（注：诗序为唐德刚所写）。信尾说，我再去英国时"望来小住"。

往后，我被她信中的坦白纯真所感动。有封信上说她打算写一些怀文坛旧友的文章。我直觉地意识到，她是一

14 Adamson Road,
London NW3. 3HR

Tel. 01 722. 2694
14 Adamson Road London NW3. 3HR, England

心笛，

二周前收到来信，记你或有夏天要去北京一行，搭电美家就要妈，收信从我就告问心你去中国，经不经过英国，(我知道由美9直达)你为什经过英国，了在伦敦及欧洲停留一下，欧州的可看地方点不少吧？

为你办英村馆入园鼍也很好，我希望你能利用回国时先，到欧洲观光，到欧陆畅观文毛的故乡。

我写此信的动机们不是去为文毛着地，我的原意区地上你相聚畅谈文毛等，头次相见，彼此美洲高深不敢随意用电，过了二三年，彼此相识加深一定有不少见解，了资助我们的文毛上兴趣与瞭解的。

在报纸上看你的新诗，我都很欢喜而且话话你的不同凡响，一个诗人，如果只随众人子写的诗那就不必再写了，能写出不同凡响的诗而不写，那是社会的损失。为此我代表文毛等对你继续多写喜诗。

希望你决定下次旅行时先给我一信，我今年也也回北京一行，但行程未定，我生怕怕热夏去中国不会是夏季，你说呢？ 匆匆寸问
近安
叔华上 3月十一

凌叔华致浦丽琳（心笛）信札

位极其单纯、善良可敬的长者。从她的信中我体会到她一个人住在英伦的孤寂。她虽身居英伦多年,精神却是地道的中国人的精神,她心中的想法也是非常中国式的想法,而寄居异域使她感到漂泊之苦。她是所有我见过的作家中让我觉得最最单纯可亲的一位。

1984 年夏,我应邀自美国去北京冰心干妈家过暑假,行前接凌叔华伯母来信,问我会不会顺路先去英伦,然后再去北京,希望我能去英国和她小聚。我那时全时工作,时间紧张,没能接受她的美意去伦敦她家小住。到北京后,从冰心干妈处得知,冰心已为凌叔华在北京安排好回归的居住处及职务等,但凌叔华还在犹豫中。我在冰心干妈家住了差不多一个月,那期间曾接到凌叔华自英来信一封,问我她是否应该回国长住。如果她回国长住,日常生活中,应带些何物。那时的中国还待发展,各种物质都还缺乏,我记得我回她的信中说,我无法建议她回不回国长住,但如回国,可要带 scotch tape(胶纸)、sponge(吸水海绵)、不粘底的炒菜锅等零星杂物。

自北京回美国后,隔了四个月,接到她来信说,"心绪很差……如回国去住,又要应付'人事'";如不回国住,"一生只好委屈地待在英国"。信中提起她在北京的房子被人占住,久久不得归还。她回国四五次,向有关当局申请发还,都未得到有力的答复。她信末写着:"我发现人生就是苦海,可是回头也无岸给你上去。"我读了,为她感到极其悲凉。

1990年的报纸上刊出凌叔华在北京由人抬着去看北海、看她的故居然后故世的消息,我感到惋惜与悲伤,曾写了一篇《默默的悲凉》发表在台湾的报刊上。文中的"她"就是凌叔华先生。现抄录于下:

默默的悲凉

她终于回去了!经过十多年内心的挣扎,她终于回归到她出生的故土。我从报纸上看到她由英国伦敦回去的一则新闻和一张相片;相片中,她躺在病榻上,由人抬着,去北京北海公园看她念念不忘的荷花池。

她真是落叶归根了。枯弱的落叶在海外漂泊了半个世纪! 根,曾千疮万孔被虫蚁咬嚼过。

那时我该为她终于做了一个决定,决定回去而高兴吗? 可是我却高兴不起来。

我该为她感到安慰,安慰她终于回到故国故土;可是我却没有强烈的安慰感觉。

我只感到一片凄凉,一片悲哀,我不知道我是为了她的后半生及晚年的孤寂无助而悲哀;还是也同时为着自己,以及千千万万漂洋过海、久居异地、心中有"中华"却是"等是有家归不得"的华人而悲哀。

回去了,她回去了,年迈体衰地回去了。那是怎样无奈与辛酸的画面。

认识她和她通信,是偶然也是缘。早年读过她的一篇《绣枕》,惊为传世之作。记得文章,却忘了作者名字,1960年代在新加坡南洋大学,听过她的名字;在校园我家斜坡道上常见她停停又行行的身影,却没能将《绣枕》之文连串起来。只见她穿着淡雅的布旗袍,形单影只的一位中年女教授,被聘到"南大"教华侨子弟。

1980年代时,我才将她的名字和《绣枕》连了起来。一次,在启程赴伦敦之前,阅报知她住在伦敦,并与父亲相识,于是兴起了拜望她的念头。父亲写信告诉她,女儿将会为父亲带上一罐台湾的茶叶,并去看望她。

那是一个阴天的下午,我依约好的时间搭了火车、地下铁,抵达她的住处。开门见到的,是一张洁白朴素善良的脸,一丝皱纹都没有。灰白相间的直发齐领,上面包了一条布头巾,十分的中国味。房中壁上,挂着她的画作小品,她谈到敦煌的艺术,以及用英文写作的事。那时她丈夫陈西滢先生已故世,有一个女儿和女婿在英伦近处,但她一个人单独住在伦敦。

杨凌丹与凌叔华(中)、凌叔华女婿秦乃瑞(右)合影于20世纪80年代

"好一位超俗的长者!"我心中对她有特别的好感。她平易近人,温文敦厚,已是八十岁的人了。

自伦敦回到美国南加州后,我们通起信来。她最初的信,谈诗论文,后来的信,渐渐显露出很深的漂泊感,来自心中的寂寞,读之令人感伤。一首《菜叶发黄》的小诗,引她说出:"我没有阿Q心情,却有这菜叶发黄自悲自艾情绪!我也想到不少中国人在海外的,都会感到这种默默的悲凉。"她心中有默默的悲凉,才会想到在海外的人也会有。

1984年夏,我应干妈冰心之邀,去北京小住。行前,她来信说能否顺道先去伦敦她处小住,再去北京。我竟回信说,并不顺路,不能前去看望她。到了北京,收到她一封信,说北京友人为她安排了回北京长住之事,她问我,她应该回北京呢,还是留在伦敦,并问如果回去应带何种日常用品。我没法答复她是否应该回去的询问,只老老实实列了一些回国须带物品的单子。年底,她来信,似乎心绪很差,说:"近几月来我发现人生就是苦海,可是回头也无岸给你上去。"她曾小病,并似乎在"那一生只好委屈地待在英国",与"如回国去住,又要应付'人事'"的挣扎中,做不了决定。以当时的情形而言,那确实是一项不易的决定。选择回归故国故土,还是选择海外的漂泊与自由?

往后她的信，愈来愈消沉。病了，受小人之扰，搬了家，摔了跤伤了背骨，"行路用杖"，渐渐稀疏的信最后也停止了。

这么一位有才学的中国女作家，单纯敦厚，可惜却被海外生活中的琐事埋葬去不少创作的时光。她在海外的晚年，也许曾有欢乐，但更有悲凉！

虽仅仅只见过一次面，虽多时失去音讯，但我不曾将她淡忘，我心中一直为她感到隐伤。她代表多少海外的知识分子，忘怀不了出生的故土，心中有着悲凉。她回去了，她被抬着去看离别了半世纪的北海。北海若是有情，应感得到这位归人的另一种默默的悲凉。

远去的白马社

白马啸西风

——回忆白马文艺社兼忆胡适先生

西洋印象派的画和中国写意的水墨画,是我所最欣赏的两种画,写实派或工笔画虽各有它们的美点,我对它们的喜爱就浅了许多,也许是由于我喜爱朦胧写意画的个性。往事,在我的记忆里,也常常像一幅幅朦胧的画面,永远是不太清楚的,模糊的。

回忆白马社,对我来说,是件苦乐参半的事:乐的是回味当年有缘认识的人,和当年单纯可贵的聚会;苦的是回味之余,不免有所感触,追惜逝去的岁月和自己,悄然之感浮上心头。

一群爱好文艺朋友的结合

想起白马社时的那一阵日子,就得翻回半个多世纪前的日历啊!

那是 20 世纪 50 年代中期,在纽约市,在一小群爱好文艺的中国年轻人的日子。

20世纪50年代的美国和今日的美国大不一样,50年代的纽约市和今日纽约相异,50年代在美国的中国留学生们和现今留美的中国学生也大大迥异。年代是站不定的,每一代有每一代的不同,每一代的中国留学生有每一代的特质。

50年代的美国,是朝气勃勃、强壮稳定的美国;50年代的纽约市,是奇丽神秘、相当安全的大都市;50年代的留美中国学生,对中国文化的探求与喜爱,是他们思国思乡的一种表达方式。

白马社是一小群爱好文艺的中国年轻人组成的小团体,是业余性的组织,和一般职业性的组织大大不同,"职业性的就有欲,非职业性的就无欲",白马社,一如唐德刚教授在他所著之《胡适杂忆》中所说,是个"恬淡无欲的业余组织",参加的人都只是为了兴趣上共同的爱好,一无所求地无拘无束地聚在一起以文艺会友,淡泊的胸怀、浓厚的兴趣、纯真的心地是多数白马社社员的特点,谁也没有想谋名谋利谋权,差不多是一种精神上的组织!

那个时期,在美国的中国人,常常会因为政治上的意见不同,在茶余酒后无意谈话时而起争吵。又有一些人,借团体之名从事政治性的活动,使许多人对中国人的聚会集团等都存了戒心，连客人请得多的朋友家里的聚餐都不愿去参加，怕去了少不得会看人争论吵架。其实，一个老百姓、一个知识分子对政治上的认识究竟能有多深？就像一般人对宗教信仰的认识又能有多深？一个人所能看到的，常如瞎子摸象般的片面。白马社，单单纯纯的，是一群痴爱文艺的年轻人的小团体，没有杂人混入。

白马社究竟始于何年散于何年，如同在我记忆中的印象派画面一样朦胧不清，只记得我抵纽约市一年左右，曾和五六位喜爱文艺的人聚过几次，之后，顾献梁为我们这几个人的聚会小团体取名为"白马"，是取唐"玄奘留学印度白马取经"之义，唐德刚建议加上"文艺"两字，我们的社名是"白马文艺社"，平时简称为"白马社"。白马社的大柱子、大梁就是唐德刚和顾献梁两位，加上马仰兰、何灵琰、林振述、我，大概就是白马社最初的开社元老了。

我那时才自新英格兰山中一所天主教大学毕业，像刘姥姥进大观园般到了美不胜收的纽约市，住在第九街。为了取近，我在步行可达的纽约大学研究院选课，白天在华尔街附近工作，星期六在格林维区音乐学校学小提琴，星期一晚上在第七街的一家教堂的地下室画油画，纽约的音乐厅、歌剧、芭蕾舞、现代舞、艺术馆、画廊，甚至于古老的教堂都向一个新到纽约、爱好文艺的人散放着奇异的光彩。

白马社时代浦丽琳(心笛)在纽约街头卖画

纽约有数不清的大小画廊和免费的弦乐演奏会在周末任人选择，我甚至于对城中的街道小巷，旧老不同的公寓房楼、屋顶和街上形形色色的纽约人，都感到极深的兴趣，好像一切都是从小说里走出来的。

纽约市在那个年代还没有变成像今日般的杂乱不安全，我住的女子宿舍"圣人屋"(Sage House)是教会办的，专供低薪工作的单身女子住，它坐落在西边第九街，在第五大道和第六大道间，正好属于格林维区。格林维区在 50 年代是个恬静朴实的地方，是美国一些无名或没落的文人艺士爱居住的地区。那时，除了周末有游客游览之外，没有如今日般的商业化，区内的气氛安宁，有点像大都市中的一个小村，小咖啡店、餐室和一些售卖奇奇怪怪手艺作品的小铺子，都叫人感到分外安全。我常常一个人在晚上十一二点钟，从图书馆或画室抱了书或画板出来，穿走过四五条街巷，回到住处，心中压根儿不知恐惧为何。

木板凳、清茶、聊天

"白马社"初期聚会的地方，是处于八十几街靠河边大道拐弯角处的"米舟"画廊，"米舟"是 50 年代时成立，由中国人出面，为中国艺术和艺术家们而设的展览所，是纽约那时唯一的中国人办的画廊，主持人是卓孚来，我同窗好友卓源来的小哥哥。那时世界闻名的收藏家兼画师王季迁夫妇就住在米舟附近的一座大厦的公寓里。"米舟"之名是来自"大米""小米"——我国宋朝著名画家、书法家"二米"——米芾、米友仁父子。画廊是由沿街的一个小公寓改设的,面积并不大,进口地方有一小间办公室,接着便是长长的白廊,像个小胡同,里头又是一间不算大的房间,四壁刷得白白的一片,连一盆室内植物都没有。

我们几个开社元老,总是挑个周末的日子,从纽约市不同的角落,搭了会黑人鼻孔的地下铁,来到"米舟"集会。"米舟"只有几张硬木椅子和一张小方桌子,我们就围着桌子坐下东谈西论。起初,我们连一杯水都没有得喝,坐在几张硬板椅上干谈论。后来,有人建议带茶叶来冲茶,于是,清茶一杯,其乐悠悠,一聊就是一两个小时。

忘了是谁出的主意,白马社聚会时,我们每人都得硬着头皮,朗诵自己的作品。好像是唐德刚手执录音机,录毕再放出来让大家重听录音带中的朗诵,我们的新诗以及马仰兰的小说,都在聚会时录过音。有一回,第一个外地来的年轻人和他的未婚妻也来参加了我们"米舟"的集会,记得他好像是黄克孙,来自波士顿。

"米舟"没有厨房,没有冷气,是个冬冷夏热的地方,可是我们七八个人,听着社友们不同作品的朗诵和评论,真有点像《陋室铭》里的那些人怡然自得呢!

我们这一批寄居异国的游子，就借着写作和探讨中国文艺而得到一种心灵上的慰藉，思念故国故人的乡愁，都在寻根式的摸索过程里，在中国的文字艺术里，凝结了或散化了。我们对中国文化的欣赏，在异国的土地上，变得更亲切和深刻了，就像游子在远方，抚着慈母编织的毛线衣，备感可贵。

拜"新诗老祖宗"为师

　　白马社开始时的社友们，除了我，都是极有才华的人，他们多数自大陆来到美国，是"层楼更上"虽尚无名却有实学的人士。顾献梁对戏剧和艺术都有研究，那时他任职于哥大图书馆，在中国大陆时曾任中学教师，教过我的表姐陆品珊；唐德刚任职于哥大，也是哥大的博士，古文根底深厚，说话幽默，带着浓厚的家乡口音。他那时的著作，早在《天风》杂志等刊物发表过，极得好评；何灵琰除了善写古诗词，对平剧研究甚有功夫，每次她登台演唱，圆润的嗓音，美妙的台风，直叫观众喝彩不已，50年代时是个美国东岸中国人圈子内知名的人物；艾山（林振述）那时在一家保险公司工作，好像已得文学博士学位，在大陆时他就出过新诗集，并曾是闻一多的得意门生。我是唯一来自台湾、刚念完大学少不更事的小喽啰，在学识、阅历和年岁上，都落后了一大圈，自己都觉得没资格参加这些人的行伍，因之，在聚会时，我更是听的时候多，说的时候少。

我之成为白马社社员，也可说是缘分。我白天工作赚面包钱的地方，和何灵琰工作之处同在一个大厦。第一次几个爱好文艺的人碰面的建议是由何灵琰传达给我的，我抱着十分严肃的态度和认真的盼望前去，根本没想到参加社啊会啊。后来顾献梁等决定取个名，我也随之。一生，除了白马社和童子军，我就不爱参加什么团体，50年代的中国留学生是很流行参加个兄弟会和姐妹会的，每有人拉，我总是谢而却之。对这社交的玩意儿不感兴趣：一则天生不善应酬交际，没法和一大堆不熟的人称姐道妹；二则当时全工半读，时间不够分配，自己的兴趣又分散在多方面，时间必须花在最重要的事物上。去白马社开会，去和白马社社员讨论文艺，对我，是一件认真且重要的事情，和赴教堂都没两样，我对白马社抱着深厚的寄望。

白马社的开社元老们邀我也进入他们的行列，想来是和"新诗老祖宗"胡适先生早先对我的鼓励和称赞不无关系。胡适那时住在纽约，常去哥大中文图书馆看报刊，于是和当时在那儿工作的唐德刚、顾献梁两位时常见面，成了"忘年之交"的朋友。他们天南地北地相谈，连华侨中文报纸上无名小卒的新诗都被谈论了起来，我在大一大二年级时的投稿，刊登在报上，竟三生有幸地被胡适先生夸奖过。

那时，我还在新英格兰的圣玛利亚学院念书，是个十几岁的大孩子，思国思乡，百般无奈，开始涂写，好像涂写之后，心中就能宽舒一些，很有点像瞧不见风景的人，在纸上画画山水，就可寄游其间了。我把涂写的新诗，用笔名"心笛"偷偷地寄到《少年中国晨报》去，不好意思让任何人知道。旧金山的《少年中国晨报》，那时是一份免费赠送给所有留学生的读物，主要订户来自华侨社会，我试写的新诗，在字印得相当大的报上刊出后，报馆寄来一两元美金的稿酬，已使我相当高兴了。

好像是在大三那年，有一天早晨，我在宿舍中看报，突然看到报上有胡适写给编者的一封信，信里头提到我的笔名及新诗，并予以夸奖。原来胡适先生将回国一行，行前他致报馆编者表示他年来看阅该报后的观感。我只记得那是个阳光满室的上午，宿舍里静无人声，我跳了起来，真想找人和我分享这份喜出望外的心情。可是用笔名是为了保密，受了夸赞我还是不愿露名，我不能让我同窗好友卓源来知道，也不能让家中父母知道，我的喜悦，就静静地埋在心底。

第二天，我收到报馆编者给我的一封漂亮的毛笔信，建议我写信向胡适先生致谢并"拜胡适先生为老师"。这信里头还夹了一份胡适先生给编者的英文信,和报馆给的一张廿元美钞的特高稿酬。我心中非常感激胡适先生对一个陌生年轻学生的夸奖鼓励,也感激编者的赐信与指示,可是却不知道该如何写这封"致谢"和"拜师"的信。胡适先生可不是普通人啊!他是我在小学中学时一连念到过的名字,他是大名鼎鼎无人不知的人物!我简直不能相信"新诗老祖宗"会夸赞我的写作,更不能相信要拜他为师了,拜他为师,我怎么配呢?

我曾展开信纸,多次不知如何下笔,我决定慢慢地再说。我应该郑重其事地思索好如何措辞才对,我不能胡乱写封通俗的信。日子拖久了,我深深感到自己的微不足道,不好意思也没资格写信去打扰胡适先生,也许他经常夸赞年轻人的作品呢!一拖再拖,这一封信始终没有写成。

胡适之名,确是被人尊敬,他的一句赞语,就被爱好文艺的人注意着。我初搬到纽约时,碰到新识旧友,总是有人爱把"诗人"两字加到我的名字下,"诗人"一名,于我是庄严而神圣的,不是一个"客套"名词,不是一个涂写一些新诗习作的人,连我在内,可随便当的。我总正襟危坐而说:"我是干人,不是湿人啊!"于是我意会到白马社开社元老们对我之不弃,多半也源于胡适先生一年多前的赞语,我与白马社之缘，也可说是源于胡适先生。

我搬到纽约后，忙着工作，并且选课，画油画，练小提琴，逛纽约的艺术馆廊、音乐厅与大街小巷，压根儿就想不到去拜望一位曾鼓励我的哲人与长者——"新诗老祖宗"胡适先生，我不懂也不敢去拜望他，心中却很感激他对一个陌生年轻人所赐的夸奖和鼓励。加入了白马社后，其他社友提到胡适先生时，我都不曾灵机一动请他们陪我去胡适处当面道个谢，或是请教他们如何写一封早该寄出的信，更别提去登门请教了。

白马社的特色——喜爱新诗

第一次见到胡适，好像是在刘驭万伯伯大女儿的喜宴上。刘伯伯特别介绍说："快过来谢谢胡伯伯。"转向胡伯伯那儿道："这是心笛（我常用的笔名），自你夸奖了她的新诗，连报馆的稿费都增加了几倍，她的父亲你是认识的，是浦逖生。"原来这位大名鼎鼎的"新诗老祖宗"竟和父亲也是相识的，我都可以称呼他为胡伯伯呢！"新诗老祖宗"满面慈祥，微笑着点头又鼓励了几句"你写得很好，要多写写，该多写写"。不记得我们又说了些什么，一下子，胡适伯伯就被围等在左右巴望要和他握手的几个人拉到大厅的另一角去了。

白马社小小的团体，渐渐扩大了，参加的人中有陶器家蔡宝瑜、作曲家周文中、在康州任教的黄伯飞、新旧诗俱精的周策纵先生等等，建筑师兼艺术家的陈其宽也是白马社的常客，好像也是社员。每次聚会，总会有不少来宾。人数愈来愈多，往日的清茶一杯慢慢地改变成自助餐式的聚会。菜由一些能干的太太们制作，地点就轮流在不同的人家了，小小的"米舟"画廊，已容不下我们热闹的一群了。

有一次，我们的聚会在顾献梁、马仰兰家举行，从我住处的西四街车站，搭车换车足足走了一个半小时才摸到顾寓。一进门，黑压压的人头夹着烟气酒香，厨房内外，排着一碟碟的菜，话声起落，热闹得像过节。每一个门框上头都挂着两条垂地的人造丝料子，红色或蓝色的门帘，有人走过或风吹动时，丝帘就飘摇舞动着，房间地上也堆放了不少红色蓝色的小丝枕头点缀着。那是个较老建筑的公寓，通常住于其中的人家，不免会有暗淡之感，顾家的布置颇似当时流行的现代艺术，用强烈大块的颜色抹出醒目的画面，一张红色加红色的画，挂在对着大门的白墙上。

又有一回，忘了是借谁家举行餐会，白马社请柳无忌先生来参加并讲和《红楼梦》有关的讲题。那天，人又很多，我们吃吃喝喝听听谈谈，一下子太阳下山，才发现大半天都花在聚会上了。

白马社的特色，是社员们都喜爱新诗，也爱涂写新诗、讨论新诗。那时住在纽约市的胡适先生，很早就对我们这个业余团体垂爱关切，自然而然地"新诗老祖宗"就成为白马社的导师了。

胡适先生也曾来白马社讲演座谈，有一晚，他谈"新文学、新诗、新文字"。他特别提到新诗人、新文学家都应该谦虚一点，他认为几十年来的新文学，以短篇小说最为成功，戏剧和长篇小说其次，新诗最没有多大成功，只不过是"尝试"了一番。他说："如果大家能够谦虚一点，新文学的成绩也许会更优良一点。"胡适先生的话，说给今日的新诗人和新文学作者听，还是有益的，新文学的文坛上，真正谦虚的人，似乎太少了。新诗至今不被大家尊重，有待写新诗的人谦虚为怀，好好探讨求进，胡适先生把他自己的第一本诗集题名《尝试集》，也是谦虚的表现。

从咸鱼味道找到胡适家

一天，我和友人去胡适府上送书，上到那八十一街的公寓大厦楼上后，发现我们只知道楼的层次而不知公寓号码。因为胡夫人是出了名喜欢煎咸鱼蒸腊肉的，我建议由我来闻味道以确定何处是胡府。在长长的过道几扇门中，我终于用鼻子闻出了有咸鱼味散发的一扇门，指着猜："这家有中国菜的味道，可能是这儿。"按了电铃，果然，开门而出的就是胡适先生。

胡适夫妇在纽约的家，布置得很简单，给我印象最深的是高高的两个铁书架子放在客厅里或是书房里，上面放了不少线装书。胡适夫人说话声音响亮，梳了头，个子不高，却给我一股天真爽直朴实的感觉。由于胡适先生太有名气，一般人爱说胡适的太太是小脚娘，是老式女人，是不太好看的，可是我却觉得她有朴真的美，她可比一般脂粉满面、真笑假笑分辨不出的许多别的夫人们要可爱得多。

胡适先生和白马社里一些人有过密切的交往，和他最接近而谈得来的是唐德刚，顾献梁可能次之，那时唐德刚和顾献梁两位都好像任职于哥大中文图书馆——中国文化在纽约的宝藏。国学渊博的唐德刚和胡适先生有着共同的语言、共同的兴趣。他们又是同乡，加上我们一般人，对胡适先生只知尊敬得"敬而远之"，见了他老人家被"敬意"约束得不知说什么而说不出太多话，德刚诙谐的个性、历史的头脑，就能引出胡适先生说出心里话，与之倾谈。胡适先生对白马社里人作品的看阅和品评，多半是在私人谈话时或三两人讨论时表露出来的，对我们这一小群无名之士的写作，他都肯花时间关注，这一点上就看得出胡适先生是如何爱护新文学，没有架子，平易近人，鼓励后进。

许多社里的社友，那时就都有资格做我的老师，顾献梁和林振述就曾自动地亦师亦友地给我指点，年轻糊涂的我，那时常常听时觉其然，过后就一下子忘了。

我的手稿全部被顾献梁看过，他建议我出个集子，并要我把《贝壳》那一首新诗中的一句"仍倔示强坚"改掉，"强坚"两个字，他说不好听："朗诵时听来像旁的字，会叫人误解，听错。"若改成"坚强"，我认为字句语气就平淡了。他特别喜欢《没月亮的晚上》那一首，说《红灯夺去了绿灯》《过街的衣裳》是较前进步的表现法，由于他曾是我一位表姐（陆品珊）的老师，他有时颇以师自居予以评赞。

为了一家侨报，献梁找我去主持副刊，我不敢接受，他没奈何地劝："我会帮你忙的，你能借机学习学习，何况一个月只有一期。"我仍却之再三，现在想想，真觉当年该去学习学习的。

马蒂斯（Henri Matisse）大师在纽约艺展的最后一天，我偕一道画画的一个美国朋友，在晚饭后搭了地下铁抵达勃罗克林艺馆参观。东看西看，已将近半夜时分了，突然看到戴了一顶法国式斜帽瘦瘦的东方人也在对展出的艺术品左看右看，细瞧之下竟是白马社社友顾献梁，互相惊问："怎么三更半夜来此？"我才发现他除了文，更专于艺评；他才知道我在画油画，摇首而劝我说："一个人不能对文学、画画、小提琴三样都同时花工夫，你不能三样都要学。你得挑选一样，三样中挑选一样来专。"这话，我今日还清清楚楚地记得，可是，我当时却糊糊涂涂地不听，学习有兴趣的文与艺，就是生命的喜悦啊！我那时体会不到，人生何其短暂，不能集中精力和时间，一个人的生命往往会被世间百万杂事分散磨辗得到头来一无所成！我年轻时以为精力是无限的，时间是无穷的，生命也好像会是无限的。

艾山是研究文学的，20世纪50年代时他专于新诗，也是白马社社友中和我讨论新诗最多的一个人。他有写作的技巧和理论，对诗句的长短和用字，都精心思考而下笔，不像我，有时思考，多半却只凭心中一时之感，涂而出之，偶记的日记从不记事，心中有感，就用新诗涂之，白马社时期我交出的一部分涂写，就是日记本里抽出来的。艾山过夸，把我的写作拿来和艾米莉·狄金森（Emily Dickenson）的作品相比，借了一本狄金森诗集给我看，同时也把他早年在大陆出版的一本诗集交给我看。我读了这本狄金森的集子，喜爱之至，好似竟认识狄金森本人似的，这大概就是好诗给人的一种共鸣之感吧！

艾山也以先进身份鼓励我出集子，叫我把稿子拿去给他看，我记得最清楚的是吃他煮的菜饭的那一回。那天，约定了送稿子去，他在家中煮了一大锅菜饭（由生的青菜、豆类、米一起煮的饭）招待我这白马社的小喽啰，狼吞虎咽的我吃了起码三碗,因为那是我到了美国后第一次吃到这富有家乡风味的东西。艾山为我选了十几首短作,寄到香港胡菊人主编的《人生》杂志在第 125 期上发表,在用字上面,他有时会客气地提出建议。

清静到热闹的围桌

艾山的第二本诗集《暗草集》是在白马社时出版的,封面上有陈其宽的画作设计,接着黄伯飞也出了一本诗集,大家在开会时传看着。我那时对出集子一点也不感兴趣,也不懂出集子的纪念性,故自己不曾动心想出集子。

不知怎的,我以为艾山拿给我的第一本诗集是送我的,在一次搬家的当儿给弄丢了,哪知那是他自己手中唯一保留下的一册,心疼之余,他写了一封长信来骂了我一大顿,之后就失去了联络。回想当年应是我年轻糊涂不该,多年后,不知他的气已消否?

在纽约市万紫千红文艺活动的光闪下,在白马社对文艺热爱的深求中,我特别感到自己在纽约大学研究院所选修的商科课程的索然无味,大学时主修商科经济,是基于遵奉家中的意思。纽约,格林维区,白马社,使我壮了胆子抛掉商科所修的学分,从陈其宽处打听到一家艺术学院,抱起画册,打算开始编织起幼年时想编的梦了。好梦永远是短暂的,半年之后,禁不住家中的劝说,我只好又放弃自己的兴趣,重回纽大修念经济。中国近百年来的不安定,使母亲深深体会到生活的不易,她希望我把文艺当作业余的兴趣,主修一门实际的学科,将来不至于挨饿受苦。我曾说:"大不了将来去替人刷地板谋生。"既然说不服家人,又不愿父母担心,我只好暂时不学自己兴之所在的艺术了,这可算是我在白马社时转学的一个插曲。

念中学的时候,我曾被大人们带去听过京戏,那时我对京戏的印象并不好,嫌它声音太响,好似一片吵闹而已,一点也不会欣赏这锣、胡琴和提高了嗓子的唱做。到了纽约,参加了白马社,不知是思乡之念而喜欢中国的一切,还是由于何灵琰的演唱特别出色,我渐渐地学会如何去欣赏一点点京戏了,并且后悔为何小时候母亲要我们跟着她哼唱昆曲时竟不肯学学。想想所受的中学教育,是太不注重中国的文化了:画画课是学西洋画,音乐课是学西洋乐曲,中国画和中国音乐不是那时中学校中所能学到的。

由于白马社是文学和艺术都包括的一个业余社团组织,顾献梁有一阵子有意思要我和灵琰共演一个话剧。他心中想演的话剧只有一个角色独白,另一个角色一言不发地听着,脸上却有许多表情反映出心中的感觉。可是,这个白马社演话剧的计划却始终未能实现。

白马社吃吃喝喝的聚会,越来越热闹了,不少远地的人，会特地赶到纽约来参加，每次去，都有许多生面孔，往日清静围桌而谈的情景不复再有。到底哪些人是新社友，哪些是来宾，我也不曾注意，赴白马社的会，我不能再认真而去，倒是有点像参加盛餐酒会似的，每次都是个热闹的惊奇。

我那时工读两兼，十分感到时间的缺乏，恨不得有人能发明一种药丸，吞了之后可以不眠不食，这样，时间就能省下来做自己想做的事情了，其实高枕酣眠、品食佳味都是生活的艺术。在工读的压力下，我就连被请吃饭都视为畏途了。

白马社——风雨时代的小火炉

20 世纪 50 年代在美国的多数中国留学生，精神上是特别苦闷的，尤其是来自大陆的那些人。他们原是无意久居异国的，何去何从，自己的前途、中国的前途，都是心头的阴影、不易想通的问号。50 年代真是中国留学生最苦闷的年代。

白马社，像风雨时代中的一个小火炉，许多游子在那儿取过暖，看到光的闪亮。它是 50 年代里一小群留美知识分子业余无欲的集合，它是一群游子不声不响纯真可贵的社团。在讨论文艺的欢欣里，带着乡愁，也带着些微辛酸，清茶一杯围桌而谈也好，热热闹闹吃吃喝喝也好，都能使失落的心灵暂时沉醉在美的融合和认同中。

往后，功课忙、搬居市区外等等，使我更不易去参加白马社的聚会，渐渐就和所有的社友们失去了联络，尤其是当我离开了纽约迁居新加坡南洋大学后。

白马社、纽约、年轻的日子，像一丝丝松针，从季节的大树上枯黄飘落，在我记忆的泥土里深埋，我有时依稀记得，有时模糊忘去，那宝贵生命里的片段。生活是个大石磨子，大磨下，像一粒麦穗，我被磨转着，今儿在东，明儿在西，我在新加坡和美国间，迁来迁去。

像一切无名被淡忘的名字，"白马社"三个字再也没人提起，我也差不多将它忘记，直到1977年一个星期六的早上。

1977年9月是个痛苦的9月，在美国居住了十几年的母亲病故加州，两个月后，父亲接受王云五先生之邀去台湾商务印书馆任总编辑，答应"试工"一年借以换换环境。12月左右父亲自美飞回台北，行前嘱咐邮局把他的信件杂志转到我处，重要的信由我转寄台北，不重要的留存我处。那是一个不必上班的星期六早上，我坐在厨房里无精打采地看转来的邮件，一份台北寄给父亲的杂志《传记文学》是不必再转寄去台北了。打开来看，信手开的那一页有两个熟悉的字跳入我眼中，怎么，有人用我从前同样的笔名？

不，两首旧作，连同年月日也都刊在纸页上。是怎么一回事啊？原来，我刚巧翻到昔日白马社社友唐德刚教授描写白马社的那篇文章《"新诗老祖宗"与"第三文艺中心"》，那是他《胡适杂忆》的连载，捧读之时，真觉似有鬼神之助才使我看到这篇文章，因为我对《传记文学》一点也不熟悉，和白马社诸友失去消息已二十来年了，是不易得知这篇文章的存在的。

文章读毕后心中又喜又愧，又有着说不出的感叹。二十年，是一段不算短的岁月，昔日白马社的社友，不少已成学界知名之士，年轻时我曾和他们擦肩而过，是份难得的缘分。往时，我们同在一堂谈诗论艺，这么多年来他们研读于讲堂，我在"换尿布"和厨房之间奔忙，也禁不住想起1961年左右见到的两位与白马社有关的人物：昔日的会长顾献梁和白马社导师胡适先生。

往事如泼墨山水朦朦胧胧

那年我自新加坡赴台省亲，正值胡适先生出院在南港养病，父母亲去探望他时，带了我同去。胡适先生见到了我，竟高兴地谈起新诗来，他显然一点也没有忘记多年前他在纽约时鼓励过的一个年轻学生："把你的稿子整理整理，拿来给我看看，可以出一个集子。"父母亲不愿他病中费神，受探望者打扰过多，示意我们不应久留，起身告辞。

胡适先生走到房门口还再三地说："我来帮你看看。你把稿子整理好拿来给我看，出个集子，可以出个集子。"我谢他而离去，心中深为感动，他的话是诚恳而真心的。

回到台北，我从箱中取出随身带的一本黑封面活页小册，里头有我用小小的字写出的手稿，我当真打算整理出来交呈胡适先生，请他过目，然后出版。在纽约的时候我无意出集子，如今胡适先生亲自叫我出个集子，我倒动心了。父亲挡住了我："你怎么能拿去麻烦他！人家在生病。"我不解："我不是去麻烦他，是他要我拿去给他看的。他说可以出个集子呢！"父亲还是不赞成，觉得我太不懂事："他是忙人，又在病中，怎有时间来看你这种白话诗，他说的可能是客气话。何况，书店也不会要出售白话诗的，有谁会来买？"听了这些话，自觉所写的免不了稚气重，就也不敢也不好意思去麻烦胡适先生了。如今想来，不免有点后悔自己的"脸嫩"，更自愧没曾努力，有负"新诗老祖宗"的鼓励与厚望。

在台时，母亲在家中举行昆曲会，突然在来宾中出现了顾献梁。他瘦瘦小小，不似在纽约时开朗，一个人坐在"笛王"旁听笛，听清唱的昆曲，我帮着捧茶水和云吞招待客人，只见他孤寂寡言，也没机会和他多谈。后来，王大闳建筑师约我们去家中吃饭，献梁也在，好似他并不喜欢多

一六七

提到纽约时的日子，话也不多，脸上似有命运不顺的沉默，后来听说他在台北凄凉故世的消息，为之黯然。

白马社昔日的情景，似一幅幅印象派的油画，或写意的泼墨山水画，朦朦胧胧，愈发显得迷离而美。可惜我记忆中最清楚的，只是有关自己的片面点滴，太多太多的事物和细节，都被年岁的尘埃埋盖，被我不经心地淡忘去。忘不了的，是苦痛的年代，纽约的游子，爱好文艺单纯的心，业余无欲的小组织。中国的"新诗老祖宗"早已故世，年轻的日子不复可得，50年代的一切均成历史，昔日流浪的游子们，如今却仍然还在流浪啊！

20世纪50年代浦丽琳(心笛,左三)在纽约客串表演《红楼梦》中的晴雯

诗缘书缘

——回忆周策纵先生

　　白马社诗人周策纵教授,于"五四"后三天——2007 年 5 月 7 日,仙逝于美国北加州。白马社何其凋零,又一匹白马飞天而去,令人惆怅良久,难以释怀。

　　周策纵教授以《五四运动史》一书闻名中外,早年和我相识于纽约市的白马社,那是源于对新诗的创作和喜爱。四十多年后我们多次见面及书信来往,是源于他慷慨捐赠毕生珍藏的中文书近万册给我任职的南加州大学东亚图书馆。2004 年,我们还合编出版了一本新诗集《纽约楼客:白马社新诗选》,为白马社留下点滴历史的痕迹。这诗缘书缘,真是难得,我永远珍惜。

　　翻读《周策纵旧诗存》(2004 年香港出版),但见第 68、69 页有《因风三首》诗,其注云:

　　　　一九五六年元旦,唐德刚招饮于顾献梁、马仰兰寓。席间心笛(浦丽琳女士)说及"绿水因风皱面,青山为雪白头"一联。次晨即成三首，以示德刚……

那三首诗是：

绿水因风皱面，青山为雪白头。
风雪流年易逝，何如共醉红楼。

绿水因风皱面，黄花被雨伤心。
底是无情风雨，顿使宇宙消沉。

绿水因风皱面，红墙替月遮羞。
我欲尽忘风月，新诗歼灭清愁。

照这书中注语推算，周教授和我至迟于 1956 年元旦就已相识了。此书并有与白马社其他社友如唐德刚、黄伯飞、鹿桥（吴讷孙）、李经（卢飞白）等人交往的诗作多首。读这诗集，能阅出周教授的一生与心绪。

周教授于 2006 年 11 月亲笔签送《周策纵旧诗存》一书给我，书中夹了周夫人吴南华医生 11 月 10 日写给我的短笺，其中道：

策纵近来身体尚健，每天饮食如常，步行用有轮的

walker，可走一条街。可是他很少讲话，但还可以看书，尤其对他自己的著作有兴趣。

读这短笺，我稍感到一丝安慰，也感到很吃惊，因为"每天饮食如常"，"对他自己的著作有兴趣"是好的，但一向体健超人的周教授，如今"步行用有轮的 walker"，令我有所感叹。我早知道周教授最近十多个月来少讲话，因自2006 年前后，每次打电话去问候，都是周夫人接的，不似往日周教授会来接电话。周夫人早前已告我，周教授变得不爱说话，总静静地独坐着，想是年高失忆之始。我不免暗自猜思，会不会因他把一生心爱的书全都捐掉了，四周的书城不见了，而使他觉得空虚不乐呢？

在今年年初的电话中，得知周教授又曾住院，再次得肺炎，回家后又突中风，心中大惊，但我还抱了希望，他也许会慢慢好起来的。之后，我常常想打电话而又怕打电话去，几次电话中周夫人说，周教授已不说话了，每天张开眼睛的时间不到半小时。一次，周夫人在他眼睛张开时刻，把我们所寄卡片上问候的话念给他听，他听后也没表情。后来，周夫人说，周教授已没有希望好起来了，令我难过而默然。她安慰我说，这是人生自然的路。

回忆 20 世纪 50 年代中期，约 1955 年，顾献梁与唐德刚在纽约市发起，邀约我们几个住在纽约市爱好文艺的人，不时周末相聚，谈文说艺，组织了一个"白马文艺社"，简称为"白马社"。刚开始时，仅有顾献梁、唐德刚、何灵琰、马仰兰、艾山和我。周策纵教授那时在波士顿的哈佛大学做研究。他听到了我们白马社写新诗的消息，竟有时远道搭火车来参加我们的聚会，可见他对新诗与文艺的兴趣之浓厚。

白马社开始没多久，波士顿的黄克孙领先带女友来参加我们几个人在"米舟"画廊里的小小聚会。耶鲁大学的诗人黄伯飞不久也参加了白马社，后来与会的人多了，有蔡宝瑜、鹿桥、周文中、方光宇、程其宽等人。那时，白马社的好多社员，都是国学深厚、学贯中西、博古通今的人士，如周策纵、顾献梁、唐德刚、黄伯飞等。他们是1948年左右自中国大陆来美国深造的，幼年曾饱读古书，有的在国内已做过事。只有我这个50年代来自台湾学识浅薄的学生，介于其中，真是有缘。

1959年秋，我搬去新加坡的南洋大学，白马社那时似也开始散疏起来，我与社友们没通音信。后来我自新加坡再度回到美国，忙于生活，把白马社都忘光了。那时父亲应邀已在美国大学教书，在参加学术研究会议的场合，一些昔日白马社的社友曾向父亲问起我的消息。父亲相告时，我只感觉到那些一如隔世的白马社岁月，是"少年不识愁滋味"的过去，是离我太久太远的人与事了。自感一无所成，愧对故人，也没曾想到再与白马社旧社友联系。

1977年秋，母亲故世，数月后父亲应王云五先生之邀自美去台北，他的邮件转来我处，由我再转寄台湾。一份台湾寄给父亲的《传记文学》杂志，被邮局转到我家，是不必再转寄的了。打开封套，信手一翻开，我的笔名与旧作两首，映入眼中。竟是昔日白马社社友唐德刚教授写的《"新诗老祖宗"与"第三文艺中心"》那篇文章。当时真觉似有鬼神之助，才能无意中得见此文。读后感慨万千，才追忆起当年的白马社。

1980年，刘年玲来信，代周策纵教授转告我，要我寄当年写的新诗给周教授。原来周教授有意编一本《海外新诗钞》，要收集50年代到1960年在香港和美国报刊发表过的新诗。我这才和周教授有了联系。周教授那时客座于香港大学。他1981年12月30日给我的信中写道：

多年来计划编选《海外新诗钞》，打算选入你的诗……这诗选希望明年春天可付印。……前几天在中文大学召开了一次中国现代文学研讨会……我遇到上海来的诗人王辛笛，和他谈起你，他说他早年有一个时期用的笔名正是"心笛"呢……你以前写过不少清新的好诗,希望继续多创作些,不要给俗物累坏了吧!

之后,我意外地收到王辛笛先生自上海签名赐送的《手掌集》诗集,可真是托周教授的福!王辛笛诗人后来还写了一首诗送我。

1983年10月14日周教授的信中有论诗之语:

《折梦》……我喜欢这题目……《菜叶发黄》一诗立意很好,我挺喜欢最后那两句"远方山河的形影,反映在叶脉的纹路上"。我有一小诗《海外》居然也从叶说起……有空盼寄些诗来。

1983年12月17日他的信里还认真地讨论我的新诗说:

收读来信和诗,非常高兴……《笛曲》立意很好,尤其末章出色。《折梦》有些好意象。我特别喜欢较浓缩的《岁月山河》。

1984年12月,我大弟浦大邦教授自美国飞台北开科学会议,因太劳累欠睡而突倒下不起。周教授知道了来信慰问,并附来他怀念他故去了的姐姐的诗一首《姐姐》,以示有过同样的手足之痛,使我感动。

周教授的诗书画都精。每年过年时节,周教授都会寄送一张用他写的诗与画自做的贺年片,非常突出雅观。1988 年,他的贺年片上有毛笔写的《故国》诗一首,开头是"沉沉故国似丰碑,点缀千山万首诗",可惜这诗似没被收入《周策纵旧诗存》中。

源于书,1997 年到 1998 年期间,我和周教授开始有多次的电话和信件联系。

周教授对文学、历史、考古、文字学、艺术、哲学等,一生都有浓厚的兴趣与研究。他收藏了上万册的书,在家里潜读。听说满屋的书,令人无立足之地。他著的英文《五四运动史》一书,是权威之作。他也是《红楼梦》研究专家,又是旧诗与新诗的能手,并精于文字学、书法、绘画,是位真正的全才学者君子。不似一般在美国学了一点学识皮毛、鱼目混珠于美国学界的一些所谓"教授学者",他是极少数真正的有真才实学的真学者。最可贵的是他君子般的真诚品格与平易近人。

周教授得知南加大图书馆中的中文藏书并不丰富,有待发展,即慷慨地决定,把他珍藏的近万册中文书,全部

心笛 给

遲暮

西風一夕瘦庭柯，總說先陰便已過，慣亂漸教時論少，裁書突欠悼詩多，殘紅菱翠留遲暮，墜粉遺香詎奈何，瞬息陰晴人去盡，百年惆悵事消磨。

周策縱 未定稿 一九八五、

1985 年周策纵写给浦丽琳（心笛）的诗作

捐赠给我任职的南加州大学东亚图书馆。数十年没曾见面的昔日白马社社友,竟因这书缘而在南加州会面了。白马社的黄伯飞教授,那时早已自耶鲁大学退休,搬迁在南加州。于是我们三位昔日纽约市白马社的社友,四十年后,因周教授捐书之缘,1998年在洛城再相见。黄伯飞教授应邀餐宴后作了一首诗以示心中的喜悦:

> 白马驮经满苦辛,
> 于今当悔不驮金。
> 旧雨新知得一聚,
> 欢欢笑笑好开心。

周教授肯将自己一生的藏书,捐赠给南加州大学图书馆,真是一件了不起的善举。他曾私下对我说:"有你在南加大图书馆,这令我捐书放心。"于是我成了南加州大学图书馆和周教授之间交流时主要的联系人。几年来的交流,使我更认识到周教授的为人诚实善良,富有童心。他对别人有求必应,不怎相熟的人求字幅,他总答应;找他做顾问,他也不拒。他是位好好先生,厚道而宽容,非常随和;研究起学问来,一丝不苟。

浦丽琳（心笛）与周策纵（左）、黄伯飞（右）合影于 1997 年

南加州大学东亚图书馆中设立了一间永久性的"周策纵教授研教室"以示感谢。我也灵机一动，打算收集一些白马社的资料，留存在南加州大学的图书馆中，其中有周策纵、唐德刚和黄伯飞等教授的手稿。多少年来，一般台湾作者写中国海外华人文学史的文章，多将白马社漏掉，对白马社一无所知或忽视。

当我与周教授再见面时，我就忙着问起那80年代他有意编的《海外新诗钞》出版了没有。周教授说他近年来教学与研究极忙，没时间顾及《海外新诗钞》的事。我后来建议他把稿子交给我，试由我来帮助整理。起初，周教授竟无法在家中将稿子找出来，还猜是可能被家人丢掉了呢。过了好些时，才开心地来电话说，在一只箱子中找到了，约在2000年把旧稿寄来给我。可是那些稿子，当初多数是复印的，许多字迹已变淡变模糊，有的无法看清楚，纸张也发黄了。我利用图书馆专用的电脑查，看何处有何人的诗集，再向香港和其他地区的图书馆借来一些香港诗人的诗集，一一查看影印，花了不少时间。这才体会到为何周教授早年没能将诗选完成，这实在是一件非常费时费力的事。

出版社出版诗集，是无利可图的，因之，除了我向南加大图书馆申请了一笔奖助研究金，来贴补打中文字的费用外，黄伯飞教授又好心建议，并协助周教授和我去申请另一款数较小的奖助金。没想到发展到后来，因为《海外新诗钞》的稿子页数太多太杂，将使打字费用太大，决定只先出白马社社员的新诗选，我们就合编起不限写作时期的白马社的新诗集来了。出版社后来认为《白马社新诗选》应加一个主书名，建议用《纽约楼客》一诗的名字为书名，想当年白马社是在纽约市成立的，我们就欣然接受。付印前，请教于黄伯飞教授，我俩诚意建议书上印周教授之名为编审以示尊敬，但周教授不肯，一定要印为合编。

《纽约楼客：白马社新诗选》一书，终于在 2004 年于台湾出版。一生写了不少上好新诗的周教授，在他有生之年，自他早年出版《海燕》新诗集后，竟没曾再结集出版过一本他的新诗。《纽约楼客》中收录他的诗作 71 首，是首次将他大量后来的新诗放在读者面前。可惜书中他的《海燕》一诗，被印漏了下半首，他似有点不悦。唐德刚教授的新诗，以往也没结过集，很多都散失了，深为可惜。此书出版后，台北《秋水诗刊》主编涂静怡女士在越洋电话中恭喜我说："你们出版了这白马社的诗集，为新诗历史上的空白做了点交代，比拥有一个新大厦还要宝贵啊！"台北诗人、散文家鲁蛟先生为此书写了一篇评介的文章——《结在异域的诗果：白马社新诗》，发表于 2005 年第 142 期台北的

《创世纪诗》杂志。

2005年，周教授和往年一样，在陌地生（Madison）过春夏秋季，在陌地生时，我们还通过电话。冬季前，他飞到北加州和女儿们一道儿过冬。2006年春，他就没再回陌地生家中，春夏秋都留在北加州。

2006年周教授曾得肺炎，住进医院，好了后似又一次得肺炎住院。周夫人告诉我，有次在医院时，周教授梦中大声叫喊："我要写书，我要写书！"他心中还有许多诗要写，还有书要著啊！他一生与诗书为伍，乐在其中。诗与书，是他的生命与乐趣。

我有幸与周教授同属白马社，诗缘书缘，使我们由20世纪至今，相继交往长达半个世纪。我竟从没想到，更不会像别人般虽相识不深，也向他要书法或绘画。周夫人于周教授故世后，特找出一页周教授用毛笔写的一首诗，寄赠给我留作纪念。如今，诗与书俱存，而诗人已去，可不悲哉！

我禁不住感叹，周教授教导过不少台湾留美的子弟，其中有数位台湾文坛、诗坛知名人士，而竟不曾有过一位弟子，能在"周公"有生之年，把老师后来写的上好新诗，为之出一本诗集，何其可叹与悲哀！

心笛：你的書和信都收到了，很高興！久未回信，主要

原因是：本想好、讀了你的詩後寫一封較長的信才好。

不料近來總有雜事干擾，心情也不對，所以就躭誤了

許久。說到心緒，主要是近十來年編寫了不少書文稿

都延誤未終及時出版，有時還覺得愧對朋友。近來

又有不少朋友去世，也想到很難過，多少篇追悼文字

應該寫尚未完成。你這次的詩集比以前出的一小冊又丰

富多了，我覺得的確有不少好詩，冰心選中的那一首

你自己也選進圈了。那詩自然很佳，大約她有志鼓勵那末

二行「會飛回到秋出發的地方」吧。這意境自然深沉，我

呢。我除了也欣賞這意境，同時也喜歡你那兩行，在任

何泥土／我都能生長」。關于你的詩，我該留到下次詳談。

白馬社的詩人們過去都被人笑冥了起來，只德剛替大

家呼籲了幾聲，是應該的。等我的「海外新詩鈔」出

版後也許可以矯正一下罷。匆匆祝

好

　　　　策縱　一九八二、五、八

這信是用
一種日製
自來水毛
毛筆寫的，
寫的中
國字有了，
怕覺得很怪
樣子？香港人叫「科學毛筆」，我覺得很好，將來可大流行。

周策纵致浦丽琳（心笛）信札

黄伯飞，白马社诗人

　　他是纽约白马社诗人。1914 年生于广州，幼年丧母家迁北平，高中读广东省立二中。1937 年北平辅仁大学西语文学系毕业。抗日期间在香港、桂林、重庆从事新闻工作。胜利后任香港《国民日报》总编辑。1947 年赴美，任旧金山《少年中国晨报》总编辑及建国中学校长。得斯坦福大学新闻学硕士学位。1951 年入美国陆军语言学校教中国语言。1952 年至耶鲁大学任教。1985 年荣休。著作有：（一）耶鲁大学出版之中国普通话、粤语教材，及粤英、英粤辞典；（二）白话诗集：《风沙》、《天山》、《微明》、《祈向》、《无闷》（未出版）、《抒情短诗精选》（中英对照）；（三）散文集：《诗国门外拾》、《诗与道》（2003 年出版）。英文诗 20 世纪 60 年代发表于《纽约时报》《纽约先锋论坛报》《耶鲁大学季刊》等。白话古体诗有《未是集》《明诚集》《壹一集》。1986 年定居南加州巴沙迪娜市（Pasadena）。晚年仍然不断写作诗篇。

　　黄伯飞教授是一位天生的诗人君子。早年白马社聚会时，他自耶鲁大学来纽约市参加。晚年他搬到南加州，离我住处不算太远，也算有缘。1997年白马社社友周策纵教授拟捐书给南加州大学图书馆，来南加大时，我邀请了黄教授出席馆方欢迎周教授的晚宴之后，我们多次见面。当我自周教授手中接编《海外新诗钞》后，曾去黄教授家讨要他的诗稿。后决定先编《白马社新诗选》，黄教授热心建议向他所属的学术会申请奖助金出书。《白马社新诗选》出版后，黄教授还特地写了一首诗来祝贺：

> 白马非马亦非白，
> 只系几个大小孩。
> 困居自由神像下，
> 发些牢骚本应该。
> 恰遇新诗老祖宗，
> 不拘形迹介其中。
> 高谈文艺羞畛域，
> 管它东风抑西风。
> 白马白马十余匹，
> 驮经自东东复西。
> 披星戴月不辞劳，
> 仆仆前尘认依稀。

数年前，一教授为了遮掩转交文件给南加大图书馆时他个人的疏忽，忘却捐者女儿传真内写明其母将捐南加大稿件之名，数年后特写篇与事实不相符的文章发表以掩盖。我读到后决定要将事实真相写出，文章寄出前请黄教授过目。他说，学界里欺蒙人的事他见得多，嘱我无需指出那人的谎言与为文不实，编者看稿自会体会得出，因为他当过编辑。我那叙述真相之文，仅写事实的经过，没提那人以假乱真和他的不实之文，两个月后在同一刊物上注销。黄教授的明辨是非、为人厚道，由此可见。

多年来写海外文学史者，往往不知或不提白马社的诗文人士。晚年黄教授对此感到不平，曾写一文寄我，要我代他寄出发表。台湾文坛和台湾所办报纸的副刊，多数有圈圈，圈外人的文章是不易被登的。最后，纽约的李又宁教授为之发表在她编的刊物上。我在南加州大学东亚图书馆，也为白马社立了个手稿档案，黄教授的诗稿收入其中。黄教授中英文学养深厚，与现今在美国大学有博士学位、一般教中国文学的教授相比，真要高明得多。

我家院中有几棵小果树，有时果结得好，我会带些上班，下班时拐去黄府送一些给黄教授夫妇品尝。2005 年春，黄教授曾写诗《有谢心笛来赠园栽小红柑》谢我：

四月红柑树上熟，

人家福地在加州。

更有提筐人来赠，

丽园佳果异凡俦。

　　有几次我谈到想退休时，他总说"别退休，别退休，还
是工作好"。本想退休后时间充裕了，可去黄教授处多多
请教，没想到平时说话慢、个性慢的黄教授，2008 年年初却
一下子走得匆匆，走得过快，令人不知所措，深深感伤。又
一位白马诗人远去了。

白馬非馬東非白　只緣戲個大小孩

閑居自由神像下　養此牢騷未應該

恰遇新詩老祖宗　還不拘形跡介乎中

高談文藝著吟壇　管定東風抑西風

白馬白馬千鍾酒　馱經自東東復西

披星戴月不辭勞　償償前塵認依稀

欣聞白馬社詩選行將出版

書此誌慶

黃伯飛撰手　南加州巴沙地那本
　　　　　　丁卯年八十有九

註：唐德剛社友生平所著之《胡適雜憶》中述及白馬社
　於胡適先生之調侃　戲稱胡先生為「新詩老祖宗」。

黄伯飞欣闻白马社诗选行将出版，作诗志庆

《提篮人》作为心笛   11/9/'04

她网是一个简单的诗人
  她是一个孝顺的女儿
    友爱的大姊妹,贤良的妻子
    慈祥的母亲,更是一位
    孝擦精碓好目绿学家.

  她不铺张,不夸大.她直写,她素描.
    在她笔端所刻画出的诗篇
  不难看出她生活中重重的重压
    一篓那都写成提篮人
      篮中新剪下的鲜花.
                      〔黄集〕

                          心笛:
                        我想我没有
                        说错.
                    伯飞
                    3/1/'05

黄伯飞写给浦丽琳(心笛)的诗作

回忆唐德刚先生

离开了家，漂流到最远的地方，就回到老家。

——唐德刚

在寂寂写新诗的道路上，我曾幸运地遇到几位给予我极大鼓励的贵人。胡适先生是第一位贵人，白马社的唐德刚教授是第二位。我没曾也不知如何表达深深的谢意。

胡适先生在致旧金山《少年中国晨报》编者的信中，曾夸奖了一位青年留学生用"心笛"笔名发表在该报的新诗。那是 20 世纪 50 年代。

唐德刚先生在他的《胡适杂忆》一书第五章《"新诗老祖宗"与"第三文艺中心"》里，把那笔名叫心笛的学生在白马社时期写的两首诗作，选刊于书中。出书前唐先生的文章曾先在台北的《传记文学》上发表。那是 20 世纪 70 年代。

那个学生到了中年，住在美国，想在台湾结个诗集，请唐德刚先生写个序。唐先生以史学家的情怀、文学家的创新，洋洋洒洒写了十六首新诗赐她为序，写得别开生面，不同凡响，充满了溢美之词。他这诗序，在1980年9月16日，那年的诗人节，被大版幅发表在台湾"时报"的《人间》副刊上，题目是《她，才是一首诗——送给心笛的十六首诗》。那是20世纪80年代。那是多大的鼓励啊！

那个学生，那个心笛，就是往昔的我。

我出诗集的事，曾有过一个插曲，那也反映出了那一个特别的时代。当台湾出版社编者听说唐教授曾去了大陆，写信给我要求把唐教授写的序删掉方能在台出版。我回信去说，我了解编者和出版社的立场，但我也有自己做人的原则，不能为了要出自己的书而将唐教授写的序删掉。唐教授得知后，气量很大，豁达地极力叫我删他的序以便出书。我没肯，于是出书的事就停顿下来。

巧的是后来有一天，《人间》副刊主编高信疆先生突然到美国，无意中从与我的谈话中知道了这件出诗集停顿的事，高先生竟不加犹豫地说，这诗集可由时报文艺出版公司来出。诗集《贝壳》后来在1981年由时报文艺出版问世，这也是托了唐德刚教授的福泽。

当10月底友人打电话告诉我唐教授故世的消息时，我非常震惊，震惊之后是深深的痛惜哀伤。怎么会呢？怎么会这么突然呢？两个月前我还接得唐夫人吴昭文女士的电话，通知我他们为了靠近子女，不久前搬到北加州住的消息。唐夫人好几年前就想搬到子女住的北加州，而唐教授一直不想搬。这次唐教授首肯了，唐夫人马上订了飞机票，夫妻俩一同飞到北加州，然后昭文夫人又马上飞回新泽西，由儿女帮忙整理搬家、卖屋。

那天我和唐夫人通了电话，电话里听她声音觉得她还很坚强。但一连多日，我禁不住惦念着昭文夫人，希望她能保持健康坚强。多年来，她一个人照顾着病后的唐教授的生活起居，非常辛苦，常常失眠，两年前她才找了个人帮忙一起照顾唐教授。有一晚，在驾车归家时，我的思绪又飞到近年来和唐夫人通电话的内容，和唐教授夫妇交往的片段，想着点点滴滴的往事，想到唐教授今已远去，一时竟忘了该向左拐，而险些错过了高速公路的入口。

在唐德刚教授70年代所著的《胡适杂忆》一书中，录有我在白马社时写的两首旧作，这对业余写新诗的我是一剂强心针般的鼓励。二十年后，还会有人记下我当年的稚作，印在书中，是何其感人啊！

那是1977年秋，先母浦陆佩玉女士在美国南加州故世，先父应王云五先生的邀请，在1978年初回台北出任台湾商务印书馆总编辑。邮局转来台北寄给父亲的《传记文学》刊物,我无意中打开信手一翻,真似有鬼神之助,竟读到刊有我早年诗作的唐德刚教授之文《"新诗老祖宗"与"第三文艺中心"》。

那时,唐教授和我自白马社散别后已二十年没曾联系了。他在《胡适杂忆》中印出的那两首小诗下面,还注明了年月日,到底是史学家!在白马社时期,他大概已在从事口述历史工作,故多次带了录音机来聚会,录了我们作品的朗诵,而留有作品日期。我自己对自己写的小诗不曾重视,都不曾记下写作日期。

若是没有唐教授把白马社写入《胡适杂忆》一书中,白马社也许早就被大家淡忘了,连我自己在内。若是没有他写出白马社人员那时写的新诗,并把艾山、他自己的诗和我的诗放在《胡适杂忆》一书中,我的笔可能早渐渐淡出了。唐教授用他的大笔,留载了当年易被人遗忘的史实,把白马社写进历史,把20世纪50年代纽约留学生群像刻在史书上,他是整个白马社的贵人啊!

爱诗写诗的唐德刚在《胡适杂忆》中曾形容白马诗人群:

这些白马诗人中有稚态可掬的青年女诗人心笛(浦丽

琳),有老气横秋的老革命艾山(林振述),有四平八稳"胡适之体"的黄伯飞,也有雄伟深刻而俏皮的周策纵。

我确是稚气重,艾山确是老气横秋。艾山自信自己的诗能与任何名诗人相比。他曾对我说:"我们的诗写得不比任何人差,T. S. Eliot, Robert Frost,我们都比得上。"我惊异他竟有如是的豪语与自信!

读了《"新诗老祖宗"与"第三文艺中心"》后,我很有感触,后来和唐教授慢慢才通信联系。他给我的第一封信,一开头就诙谐:

心笛夫人:

别来已二十多年了。我的两头小犬现在居然都是哥大的学生了。

当我读到"两头小犬"时,正奇怪"小犬"两字的出现,为何一开头就提起家中的"犬"呢?再读下去才知他特用"老式的"客气称呼称子女为"小犬",诙谐得令我笑起来。

信中还说了极其鼓励和过奖与溢美之言:

Office (212) 690-4209
Roma (201) 767-1922

心笛夫人：

别来已二十多年了。我们的两路先现在癖公都是半百的半生了，我自己也已白发满头，垂垂老矣。好到您的信和诗集，拜读一遍，喜爱之情，无过往日。我觉得老朋友之眼光比人高一筹。你的新诗可以传之远世，别有一种美丽的风格，这是许多我的偏见，我觉得你的诗比今相当出名的一些诗人多含蓄中。杨牧，余光……才人要秀出一格。他们都是店做诗人亦做……往往有些令人受不了的"诗人气"。没有你的诗那样朴语自然。我读你的诗偏迪根丝。我就喜欢写摩菲的"自然"不做作。这表许是我个人的偏见，但这只是个诚实的偏见而已。

十多年前我曾卽令吾人通迅通，我记得他老人家说你在阿邦来……米笔珍告诉我你的又在加州了。今这……（其是老一辈的才女有其母姑有此也）的序言，才知道你们的……两洋！老朋友多年不见，一下都明白了，真是久喜。我素信了彩和气。我们的冯社的老人，蘇擢两方愦，高婚遠，在台湾出去了。得来信了彩和死。看报方之况……仰羡佣远之错现在维也纳生活其观苦，枯果缩令令死……。你们什么时候高性，一定要让我们知道。杨先生我的远方见在尼……。封王

唐德刚致浦丽琳（心笛）信札

我觉得老胡适还是眼光比人高一等。你的新诗，可以传之后世，别有一种自然的风格，这或许是我的偏见，我觉得你的诗比当今相当出名的一些诗人如（略）等人要高出一格，他们都是为做诗人而作诗的人，往往有些令人受不了的"诗人气"，没有你的诗那样出诸自然。我说你的诗像迪根生，我就喜欢安摩莱的"自然""不做作"。这或许是我个人的偏见，但也是个诚实的偏见罢。

　　我的诗，怎能和那些出名诗人相比呢？这是他溢美的鼓励与偏见。我的新诗，如果可以传之后世，那是托了《胡适杂忆》一书之福了。

　　1988年，我去纽约开会，抵达纽约市后，打了个电话去唐府，说如有机会很想去看望他们，并说也希望能看到闻名已久"纽约八大景之一"的夏志清教授。德刚教授夫妇热情地请吃午饭，亲自驾车接了夏志清夫妇后来接我，去中国城一家极好的馆子"上海楼"叫了一桌讲究的酒席，并请了白马社社友何灵琰黄庚夫妇、王方宇夫妇、刘教授等人，真是太厚待我了。在开车去中国城的路上，唐教授夫妇笑容满面地把孙儿的相片拿给我看，显示出他们当了祖父母的喜悦，与对儿孙的爱之深。午饭后，昭文夫人去参加一个会议，我们大伙去何灵琰、黄庚家座谈，德刚教授照

浦丽琳(心笛)与唐德刚(左一)、王方宇(左二)在黄庚(右一)、何灵琰(右二)家中合影

了许多相片。散后，德刚教授夫妇与我又在中国城吃了晚饭，才把我送回开会的旅馆。那是白马社分散了三十年后我和社友们的第一次重逢，真是令我珍惜难忘的一天。德刚教授夫妇对白马社老朋友的真诚热心和慷慨，由此可见。想来他们也非常珍惜和怀念那时纯真的白马社。

德刚教授一向身体健康，为人达观宽厚。2001年小中风后，起初康复得很快。那年我正开始从周策纵教授处取得他早年想出《海外新诗钞》时收集的旧黄稿件，要重新整理查添。周策纵建议把唐教授写给我的十六首诗的诗序放进去，不必麻烦病后的唐教授去向他要诗稿。但到最后决定先编《白马社新诗选》，要增多白马社诗人的作品时，我才向唐教授索取更多诗稿，他马上用电脑打字将诗稿打好。后来周教授要把李经(卢飞白)的诗放入《白马社新诗选》中，说李经曾来白马社参加过几次聚会。我打电话问德刚教授的意见，德刚教授说我们当年白马社没定任何规定，也不用缴会费，来参加的都可算是社员，他同意把李经的诗放入。

2003年我去电话请他为《纽约楼客:白马社新诗选》写序，他没答应，唐夫人也说不写了，周教授就写了篇序。后来唐教授寄诗稿给我时附了一篇短短的后语，我自作主张，

浦丽琳(心笛)与唐德刚在何灵琰家中合影

拿来当序。故在 2004 年由台北汉艺色研出版社出版的《纽约楼客:白马社新诗选》一书中,有德刚教授的序文和新诗。他的新诗,是以著史之笔写的。序文中他提到以前曾写了许多新诗,交给去台湾的顾献梁出诗集,后来不知去向地遗失了,真是可惜。

《纽约楼客:白马社新诗选》出版后,名诗人钟鼎文先生亲自由台湾赐信给我,盛赞说:"新诗六骏……白马非马,非凡马也。"钟先生和德刚教授等皆曾与我有交往,我深深感谢钟先生给予的鼓励。台北《秋水诗刊》主编涂静怡女士电话上说出这《纽约楼客:白马社新诗选》一书,为中国的新诗史填补了一块空白,比拥有一座新大厦还更宝贵。真的,多少年来,海外华文写作的文章,有意无意都没记载过白马社的诗文与人物。黄伯飞先生生前曾对我表示,这种遗漏白马社的现象使他心中感到很不平。

唐教授 1999 年在信中告诉我,他虽不公开发表写作的新诗,但还在暗自不断地写诗,他打算用数百首新诗连缀起来,成为一本用新诗写的自传。《纽约楼客:白马社新诗选》一书中他的诗,有一部分是他的新诗小传,但是不全。不知他遗下的电脑盘里,有没有留存下更多还没发表过的新诗小传与诗篇。

德刚教授和周策纵教授通信时常讨论诗。他们两位,新旧诗都写。在一封信里，德刚教授曾谈到写新旧诗的两项大忌（这信我也有一份），认为"写新诗搞绝端自由，更成为懒汉的借口"：

　　现在人写新旧诗，都犯了走极端的两项大忌。写新诗的都在搞惠特曼、郭沫若师徒所倡导的"绝端自由"。干任何事搞绝端自由，都不如不自由的好。写新诗搞绝端自由，更成为懒汉的借口。而写旧诗的人，想在却还抱着一部《佩文韵府》来打滚，我觉得也是过分了。我认为现在应该押"通韵"才好，"广韵"的限制，应该废除了。但是诗词的平仄不能废。因为废掉了平仄，就没有所谓"咏吟"了。

　　他另有一篇洋洋洒洒的诗论《论五四后文学转型中新诗的尝试、流变、僵化和再出发》，显出德刚教授对中西两诗的研究与深入。

　　在他写给我的信中，曾有如下的议论：

　　你是个无意作"诗人"的诗人。他们是有意作"诗人"或自称"诗人"的诗人。他们的有"人工"，有"斧凿之痕"，心笛的诗是自然的流露。

这显示出他喜爱自然风格的诗。推而进之，我认为德刚教授写诗写文，也是他自然个性的流露。他不喜雕琢，只写他自己的写法。以生龙活虎的笔，书写历史。他的书曾启发了许多读者对历史的兴趣进而走上研读历史之路，他以宏大的历史观讲解历史，推广了一般人读史与研究历史的兴趣，这也是他对社会对史学莫大的贡献。他的"历史三峡论"给予我们中国人对中国的前途以美好的希望。许多读了他书著的人，敬佩之极，说德刚教授是他们心目中的高山和大师。

　　细算算，著作等身的唐德刚教授，有贤惠的夫人和出色的子女儿孙，有无数爱戴他的读者分布于海内外，以八九高龄而仙逝，可算是福寿全归的了。可是，他的离去，总令人感到悲伤，因为他还有书著没能完成，还有诗集没有出版。认识他与不认识他的许多读者都为之叹息哀悼。过去两三年来，都只是唐夫人和我在电话上相互讲话问候。唐教授的声音，早已久违了。如今将永远听不到了，但是他书中的声音，将永远响亮如钟鼓。

　　2007 年白马社的周策纵教授故世，2008 年白马社的黄伯飞教授仙逝，2009 年年初周策纵夫人离去，都曾使我震惊难受。如今当年白马社的大将，继胡适先生之后，曾给予我写新诗极大鼓励的唐德刚诗友，也突然逝世，又一位旧时白马社的骏马飞天了。他们的远离,令我一次又一次地感伤,惊觉生命的有限与无常。尤其唐教授的离去,更使人间变得冷寂。白马社的时代与人物,此时整个在我眼前沉灭下去了。

唐教授匆匆地走了,走得潇洒,走得叫人神伤、震惊、哀痛。他的骨灰已溶入太平洋,流向他出生的故土,在三峡长江的水浪波涛里起伏,哗啦哗啦,壮声地,如唐德刚响亮的名字,走入历史。

附:

《贝壳》诗序

(选登)

一

我曾问过胡适:"什么叫做新诗?"

"新诗嘛?"他说,

"要用有韵味的散文,写出你心里的意思。

要避免陈腔滥调;

要不怕俗语俗字……"

"举个例子。"我说。

他取出几份《少年中国晨报》,

让我读那几首,一位

少女作的新诗。

二

我不知道这位诗人是谁，

我倒欢喜她心里的意思：

大大底眼睛，小小底嘴唇，

乌油底头发——还没有编成两条小辫子；

她总是微笑——寡言少语。

我们吵吵闹闹，

她只躲在屋角里。

"心笛，"我问，"为何不回胡老师的信？"

"啊！他太有名气，我不好意思……"

"心笛像个'诗人'吗？"社长大声问我。

"不像，"我说，

"她自己才是一首诗！"

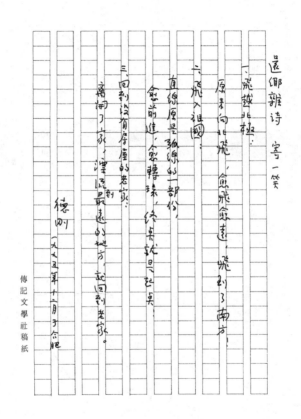

還鄉雜詩　寄一笑

一、飛越北極：
原素向北飛、愈飛愈遠、飛到了南方、

二、飛入祖國：
直線原是弧線的一部份，
儘量前進，久然轉球，終果就只記來。

三、回到沒有庠室的老家：
蹒跚了家，漂流到最遠的地方，就回到老家。

德剛
一九五年十一月于合肥

傳記文學社稿紙

唐德刚《还乡杂诗》手稿

永远的中国心

两代中国学生留学史

在东方文化与西洋文化的冲击中，在东方社会与西方社会的比较下，20世纪到美国留学的中国学生们，常会有一种异常的情怀，那就是想回报自己出生地的情怀。20世纪中国留美学生们，想为出生地效劳的情怀与意识，会较一般平常人更为强烈。因为他们看到了外边的世界，见到另一个新的社会，眼光提高，看得更广阔了。可以说，20世纪到美国留学的中国学生们，多数会有超于常人的爱国意识与对出生地念念不忘的情怀，心中想要为自己出生的土地贡献，以个人的力量与才学，来谋求中国更好的建设与进步。

20世纪的中国，是历经苦难的中国。这世纪的中国，由于内忧外患，中国的政治、经济、社会，都长期地在变动和不安中。

20世纪留学美国的中国留学生，除了在学校中勤勉学习外，当他们注意到那时美国社会上的安定和许多优良的风气,看到科技的进步、公德心的普遍、清洁勤劳守秩序的一般人民的教养和较高的生活水平时,多数留学生就会感到,将来要把这些优点努力移植,推动建设中国。

我所认识或知道的中国留美学生中,当然也有少数自私自利、只知为己谋的人,但多数爱国心切,有回报出生地的热烈愿望。他们希望把美国文化中的优点,带回建树于中国;把美国文化的渣渣,排除在国门外。不少20世纪中国留美的留学生,不论在中国还是在美国,在他们事业的领域里,都有相当的成就,默默地直接或间接为他们的出生地和居留地做出了相当的贡献。当然,也有一些留学生,心有余而力不足,无法把为出生地贡献的原有心愿实践出来,但他们对出生土地念念不忘的情怀,在细微的事物上还是表现得很明显的。

我父亲那一代和上一代留美的友朋中,有成就有作为的人比比皆是。他们对中国的建设改革与复兴,曾有莫大的贡献。大家都知道胡适、梅贻琦、罗家伦等人对中国的贡献。但谢冰心、吴文藻、陆梅僧、叶公超、孙立人、梁实秋、蒋廷黻、顾一樵、吴正之等等我父亲浦薛凤的朋友和他清华的同学们,前前后后都为中国做出了大大小小的贡献。他们是中西文化的桥梁,国际交流的大使,为中国建树有为的留美学人。

李又宁教授要我写出浦家的留美史，本来我不想也不敢写，但后来觉得浦家的留美史，和许多20世纪别人家的留美史大同小异，写出来可以代表那个时代的许多人家的留美史，可为时代作见证。在20世纪大时代的风风雨雨中，留美的学人们历经艰辛苦难，奋发努力向前，坚守在各自的岗位上，不声不响地默默做出贡献。故我愿在此简单地作一个报道。简言之，浦家两代人，和许多其他自中国留学美国的人般，怀有强烈的爱国意识与贡献的情怀，默默地在各自的岗位上努力。

父亲浦薛凤先生，字逊生，江苏常熟人。1914年考入北平清华学校，与闻一多、罗隆基等同班。五四运动时期，他返回故里组织常熟旅外学生联合会，被推举为会长，1921年公费留美。在明尼苏达州（Minnesota）的翰墨林大学求学。在该校时曾得全校演讲比赛第一名。一个外来的中国留学生，能在英语演讲比赛中压倒土生土长的美国同学，真是不可思议。毕业后，父亲赴哈佛大学攻读政治学。留学期间，曾与闻一多、梁实秋、罗隆基、何浩若等组织了一个爱国性质的"大江会"，并在其期刊上发表了长文《理性的国家主义》。回国后，1926年任教东陆大学，1928年秋开始教学于清华大学，兼课于北京大学。当他出任清华大学政治系主任后，就辞去北大教职。并曾任学术研究刊物《清华学报》主编。

1937年，日本全面侵华，父亲只身赴长沙临时大学，任教于西南联大。后应国家号召，学人从政，任国防最高委员会参事(1939—1945)，并兼《中央日报》社论总主笔，写社论鼓励战时民心，另外也在中央大学兼教授。并曾协助王宠惠英译蒋介石《中国之命运》一书。1944年父亲赴美参加美、英、苏、中先后分别举行之国际安全机构筹备会议，即敦巴顿橡树园会议(The Dumbarton Oaks Conference)，及太平洋学会。曾写英文 *Freedom from Fear* 一册，十年后翻译成中文《免于恐惧之自由》，今日读来，针对当今21世纪的世界局势，也仍属有见地之论著，甚引人深思。父亲并参加次年(1945)之旧金山会议(San Francisco Conference，即 United Nations Conference on International Organization)，为中国代表团之专门委员。旧金山会议乃为起草通过联合国宪章之会议。那时，父亲在会议中就感到并曾写出，说美国当时目光短浅，胆量小，处处顺从苏联意见，以致没能奠定有效制裁侵略的集体安全制度。

抗战胜利后，父亲曾任善后救济总署副署长、行政院副秘书长、中央大学教授。1948年秋，出任台湾省政府秘书长。由于他是奉公律己、勤于工作的好公务员，当省政府的主席换人时,他竟连任四任台湾省政府秘书长,直到1954年。在任台湾省政府秘书长期间,他极力协助四位省主席,为台湾社会建立了良好安定的基础,对日后台湾社会的安定与欣荣发展,有莫大的贡献。

父亲后来任政治大学政治研究所教授及所长兼教务长,还协助台湾新竹清华大学在台湾建校,也曾协助时任"教育部"部长、体弱的梅贻琦先生担任"教育部"政务次长。1958年曾出席联合国教育科学及文化组第十届大会,他会中所发表的演讲,由 Hon. Alvin E. O'Konski 提供,载于1959年3月17日美国国会的记录里(Congressional Record, Proceedings and Debates of the 86th Congress, Fist Session, Vol. 105, No. 43, March 17, 1959)。父亲在他任教政治大学政治研究所时,曾教育出不少英才,这些英才,在学界和政界,后来都为台湾建树良多。

父亲1962年应 John Whitney Foundation 之邀,赴美讲学。后应康州桥港大学坚请,留任该校之卓越教授(Distinguished Professor)。那时,常应社会团体之邀请,做有关中华文化历史方面的演讲。所教主要研究所课程,系"中国朝代与政制"及"中国政治思想史"。1972年父亲自桥港大学退休,应薛光前先生之请,又教学于纽约圣约翰大学。十几年来,他在国外教育英才,把中国的文化播

浦薛凤(左)与王宠惠(中)等合影

种交流在美国的土地上。

1977年9月,母亲浦陆佩玉女士在美国故世后,父亲应王云五先生之邀,次年以78岁高龄回台北出任台湾商务印书馆总编辑。后因年长,应有亲人就近照顾,故而应我们在美子女再三之请,回美定居,从事写作。

父亲1939年由商务印书馆初版的中文著作《西洋近代政治思潮》一书,已为经典之作,在台湾重版再版多次,为大学丛书。2006年北京大学出版社也将此书出版发行。父亲认为"政治"为"万题之题",最为重要。在1939年初版书序言中,他说:"政""治"之中,"政"必本于"治",一切致治在"行"而不在"言"。他引用卢梭的话,"各种法律之中最重要者并非刻写于铜板石表之上而系雕琢于国民心坎之中"。他说"政"之所以流为"弊","治"之所以转成"乱",不外由于持政阶层之"贪""私""伪""偷"与"稚",而"为政"及"致治"之先决条件,端赖于具有贤明领袖、清勤官吏与优良风气。其他著作有《政治文集》《西洋现代政治思潮》《政治论丛》等十余种。英文著作除 *Freedom from Fear* 外,有 *The Disintegration of Traditional Confucianism in Dynastic China：1842-1949*、*Imperial Succession and Attendant Crisis in Dynastic China*、*348 Chinese Emperors——A Statistic-analytical Study of Imperial Succession*、*The*

Laotzian and Confucian Tao：Its Classification，Origin，Nature and Function 等等。

父亲的"政治五因素"是他认为他分析研究出的最有价值的理论。他认为古今中外的政治成败，都与政治五因素有关——人物、思想（观念）、势力、制度、现象。任何一个政治形态，都包括这五个因素。父亲自传性的三部书《万里家山一梦中》《太虚空里一游尘》《相见时难别亦难》在20世纪80年代先后由台湾商务印书馆出版后，大陆的黄山书社2009年以《浦薛凤回忆录》为全书名，仍分三册出版，这是具有丰富史料价值的书。

我们子女四兄妹的留学，前后均通过"教育部"的考试，在20世纪中叶时相继由台湾到美国求学。起初是由于美国大学奖学金的牵引，后来是因为台湾那时留美热的风气。

哥哥浦大昌，原在台南工学院读书。由于毛神父奖学金的帮助，和我同年出国赴美。哥哥于1950年11月搭台湾的货船安利轮抵达美国洛杉矶。他一个人坐火车从洛杉矶到东部宾州的维拉诺瓦学院读书。大约两个月后，毛神父被调职回台湾，哥哥就读的天主教大学的奖学金便有问题，毛神父已无力相助。校中那年又不让哥哥选工程课，使得他心中万分不安。为了奖学金，为了省钱，为了又要听父母亲的指示与许可，哥哥日日都为之担忧，封封家书都为此事打听消息，盼家中早点指示。他自己去见教务长，出去打工等等，这种留学生的日子，真是苦痛的折磨。

1951年夏，哥哥浦大昌的日子是在焦虑中度过的。那年秋季，应家中指示，他去了答应给他奖学金的另一学院——韦兰学院。那是一所教会学校，处于得州的韦兰。等他到达这学校后，才知道那里的奖学金是怎么一回事。浦大昌写给父母的信中道：

所谓奖学金也者根本不是奖学金。据儿看来名之曰贷款而已。因为奖学金数目多少到将来仍需偿还给学校，偿还给学校之办法约略如下：（一）替学校做工每小时50美分，按照所做多少小时工抵消多少钱。（二）将来付款。（三）到外面去演说或教堂工作（此事由校方接洽，出去时由一组一组出去），所得之钱由大家均分抵消欠款。（四）若有人肯给若干钱给学校指定给某人某人之债款，便能抵消若干。

浦大昌在校中工作，为学校到外面去演说，并出外打工。因这个学校没有土木工程系，后来得到家中同意，转至印第安纳的普渡大学求学,入土木工程系。由于父亲是个清廉的台湾省政府秘书长,浦大昌在美国求学时曾去田地打工、罐头厂打工、学校打工等等。为了奖学金而进错了两个学校,使浦大昌的学分与学业损失不少,精神上的损失更是重大。

浦大昌在美国刻苦求学期间,常看美国的报纸,关心时事,并向家中禀告。他处处表现出中国文化的美德,诚实有信,勤劳努力,令美国同学敬重不已。他默默地成为一个美国民间的亲善大使,他写给父母的家书中常常会流露出像"但愿主保佑我们中国"的字句,显出他的爱国情怀。浦大昌转至普渡大学后,功课成绩优良。但可悲的是,1954年1月21日大考方毕,他和同学白先德(白崇禧之子)与另两位普渡大学中国留学生同搭坐另一香港同学的汽车,在公路上与三位普大同学不幸同遭车祸,壮志未酬,英年早逝,是浦家的一大伤痛。

浦大昌留美时期写给父母亲的近140封家书,被历史学家李又宁教授认为是20世纪中叶留学生史的一份好资料,并将为之出书。那些信件,反映出那个时代留美学生眼中所看到的美国社会细节和留美学生当时的生活情形。浦大昌的亲笔信原本,将由南加州大学东亚图书馆保藏。

浦薛凤教授的次子浦大邦,我的大弟弟,1953年于台北师大附中毕业后，得父亲母校翰墨林大学全奖学金，通过"教育部"的考试，经过了军训，至美读书。他先进哈特威克学院（Hartwick College），随即入翰墨林大学，并以优异成绩毕业于翰墨林大学。后进柏克莱加州大学攻读物理，1963年得物理学博士学位。在劳伦斯实验室研究一年后，浦大邦至河滨加州大学任教，后曾任教授兼系主任。浦大邦1979年在校中设能源科学所并任所长。热心公益的他，在河滨市出任河滨市公用事业委员会委员，并为河滨市早期在美华工先民发起兴建中国亭之举。

浦大邦是世界著名物理学家，在美国教学的同时，他曾任美国国会议员布朗之科学顾问、美国国会科学顾问、物理学会及能源部合成燃料研究委员会委员、国家科学院原子分子科学委员会委员等，并为香港中文大学学位考试校外评审人。

由于爱国情怀，浦大邦极力想要在中国土地上建立一个第一流的科学研究所。他曾请了氢弹之父泰勒先生到台湾，又邀请物理学家袁家骝和吴健雄夫妇去台湾，并联系了好些在美知名的华裔科学家们为台湾科学的进步和交流而努力。热心、人缘好并有办事能力的浦大邦，在美国与台湾之间为台湾的科学进步而不辞辛劳地奔波着。精力充沛的他，除了全时担任河滨加州大学教授外，还兼任台湾原子分子国际研讨会主持人等。为了要在台湾成立同步辐射研究中心,他费尽心力,敢言他人不敢言之言,做他人不能做之事。

1984年12月浦大邦飞台,由于连日辛劳,"公而忘私",体力过于透支,突在台北15日早上的同步辐射研究中心指导委员会的筹备会议中倒下,而"长才未尽"过早辞世,那时他才49岁。

为了纪念浦大邦对加州河滨市当地的贡献,河滨市的公用事业大楼(Riverside Utilities Building)已改名为浦大邦公用事业大楼。楼外有"Robert T. Poe Utilities Building"的英文大字样。河滨市公共图书馆前兴建的中国亭旁,有一铜碑上也刻有浦大邦的名字,中国亭前一对大理石的狮子,也是为了纪念浦大邦对当地的贡献。在台湾,"中央研究院"原子分子研究所在台大校区内设立了一个"浦大邦讲堂",用来纪念浦大邦。

浦薛凤教授的幼子浦大祥,是我最小的弟弟。自台北师大附中毕业后,因他在翰墨林大学功课特别优秀,也获得该大学全奖学金。接受留美学生军训后,于1956年4月赴美。由于浦大邦的建议,1957年浦大祥转至伊立诺大学香槟分校(University of Illinois Urbana-Champaign)念电机系,1960年毕业后改攻理论计算机科学,1967年得应用数学博士学位。1967—1971年他在伊立诺大学芝加哥分校数学系任教。亦因恋乡情怀，1970年春他带了六个月大的婴儿，去新竹清华大学任教。自1973年至今，浦大祥在宾州费城天普大学（Temple University）计算机系任副教授、教授和研究主任多年，培养了无数博士和学士学生。

浦大祥1978—1979年曾在麻省理工学院研究访问，并在波士顿学院（Boston College）兼课。1980—1981年被联邦政府借到剑桥国家运输局研究中心地区工作，1984—1985年在麻省州立大学洛威尔分校（University of Massachusetts Lowell）教学一年。除发表不少研究论文外，浦大祥曾与天普大学一数学教授合写初级语言一书，因畅销后被出版公司译成欧亚各国多种语言出版，流行各地。1990年，浦大祥因参与世界银行有关中国教育部提高省立大学学院水平的策划，曾被请去天津师范大学访问和视察。

浦薛凤教授的女儿浦丽琳，在台北第一女中毕业后，得到毛神父给的奖学金，可以说是糊里糊涂地踏上了留美读书之路。那时，她和台湾大学一年级的卓源来，得到同一个天主教学校——圣玛利亚学院的全奖学金。于是1950年10月12日，她们一起飞到香港，在港等搭美国的戈登将军船赴美。在大学时期，她用笔名"心笛"把对故土念念不忘的情怀,写在她的新诗里,发表在《少年中国晨报》上,被胡适在报刊上看到了,还曾夸奖她予以鼓励。

1954年夏,浦丽琳自天主教学校毕业,至纽约市全工半读,白天上班,夜晚在纽约大学攻读经济——一个她不感兴趣但家中希望她读的学科。在纽约,她和顾献梁、唐德刚等人成立了白马文艺社。唐德刚教授在他著的《胡适杂忆》一书中曾对白马社有较详细的记载。

1957年,浦丽琳获得了纽约大学的经济学硕士学位。为了想为中国人服务,1959年她和夫婿杨超凡前往新加坡南洋大学。1962年他们自新加坡返美。1967年浦丽琳得美国联邦政府奖学金,在纽约州立大学奥尔巴尼(Albany)分校攻读图书馆学,得硕士学位。1971年起在南加州大学图书馆任职。相比而言,她是浦家子女中最没有成就的,但她在自己岗位上,还是默默地尽心尽力。

1997年,当浦丽琳研究清理捐赠给图书馆的一盒张爱玲的杂乱无绪的英文打字稿纸时,经仔细核查对证,突然发现其中竟有张爱玲英译的晚清小说《海上花》早期的初稿(张曾仔细修改多年完成之英译稿,于80年代张爱玲搬家时遗失)。由于夏志清、王德威两教授建议将该稿交由哥伦比亚大学出版社出版,她设法向南加大图书馆当局游说成功,并曾着手自不同的译稿中挑选出不同部分,重新整理拼成一套,请人扫描存盘,再将扫描之盘,寄哥伦比亚大学出版社,由王德威教授另请专家润修。2005 年,哥伦比亚大学出版社出版了张爱玲英译的《海上花》,英文书名为 *The Sing-song Girls of Shanghai*,终于把这部中国晚清小说推向了世界文坛。之后,浦丽琳又为南加州大学东亚图书馆争取,收藏了张爱玲给夏志清的全部信件,并获得夏志清捐赠的如今世上仅存的十几封夏志清致张爱玲的信。因重视中国流散在海外的文物,浦丽琳在南加州大学东亚图书馆也为白马社建立了一个收藏,收黄伯飞、周策纵、唐德刚等白马社社员的一些手稿,并有意把她父亲的文件及父亲友人的信件整理好交南加大或别的图书馆保藏。

浦丽琳多年来写的新诗,多数发表于台北《秋水诗刊》。出版诗集《贝壳》《折梦》《提筐人》等,并曾与周策纵合编《纽约楼客:白马社新诗选》。下面是她的一首小诗《蒲公英》,或许可道出留居美国的留学生曾有过的情怀:

谁说枯干的泥土长不出花

谁说有根的不能跨海飞扬

你的翠袖

是陋巷中仅有的绿

你金黄的笑

给穷孩子们花朵的喜

你的根

有数千年长

你的相思

萦绕地球东西两方

日夜思念着祖先的村庄

相思在长江两岸青青田旁

洋房草地边被人歧视

自由的天空下也感彷徨

空心空肠

纯白的心液缓流着

流在直立的躯干上

直到发儿白成诗般的绒球

在暖阳下暂留梦圆般的形象

一口气

一阵风

一阵雨

就能把圆梦吹破落地

吹落的梦片

有的打着小伞飞奔他方

有的埋到泥里

下季又再长起

长出翠绿的长袖

长出金黄的笑意

诗般的白球如梦

又一次在阳光下挺立

你的梦是圆不久的梦

你的梦是死不去的梦

　　浦家留学的经历,代表着许多别的人家大同小异的留学经历。留学美国,不全都如表面上看来似的一帆风顺、春风得意,留学美国的经历中,有深深的苦痛与辛酸、失落与悲哀。

　　20世纪留美学生刻苦耐劳,辛勤地学习努力,对美国都曾怀有特高或过高的敬意与理想。20世纪上半叶的留美学生,学成后差不多全都回国服务;20世纪下半叶的留美学生,因为时代的风雨,不少人留居美国。日子久后,他们由过客到居留客,深入了美国社会,深深了解了美国实

全家福，1975 年摄于南加州

相，才发现美国这民主社会也有难免的缺点，会遇到被歧视、排拒和不公，而生起失望感。

美国的社会一直在变化中，如今 21 世纪的美国，已和 20 世纪的美国不一样。21 世纪的美国，更见道德的沦落、对金钱物质的过于重视、个人主义自私的夸张、精神上的虚无等等。美国的高等教育，如今也都趋向商业化，向金钱看齐，把金钱看得过重，并有"功利主义"的趋势。完整人格的重要，在美国教育中已大大地被忽视了。因此，教育出的人才，思想上也常常以金钱为最高目标。留美的很多学生在不知不觉中也会受到这思想的影响，趋向"功利主义"，甚至有一些"留美学人"，只谋出名，而甘愿做出欺世盗名、丧失人格的事。

"前不见古人，后不见来者"，20 世纪留美的中国学生们，他们在赴美留学前曾多多少少受过儒家教育的熏陶，亲身经历过大时代的风雨，他们的意识与情怀是独特的。在瞬息万变的世界村中成长的 21 世纪的中国留美学生，恐将不复有同样的意识与情怀。

敬爱的梅贻琦校长和他的夫人

　　梅贻琦(1889—1962),字月涵,天津人,清华大学的"终身校长",毕生的事业是清华,对清华大学的成长贡献巨大,是我国近代资望最深、建树最丰的教育家之一。

　　梅贻琦先生是我父亲敬重的老师、学者、校长、上司。父亲在清华学堂读书时,上过梅贻琦先生的数学课,父亲形容梅老师上课时"缓慢词句,明白讲解,和蔼态度,与认真精神"。梅先生也是父亲清华童子军队的领导。梅先生出任清华大学校长时,父亲正在清华教书。梅校长以渊博的学识、严谨的学风和高尚的人格博得父亲无上的敬重。在为人处世上,梅老师性情温良,从无怨怒,寡言慎行。梅贻琦的学生曾作打油诗说:"大概或者也许是,不过我们不敢说。可是学校总认为,恐怕仿佛不见得。"叶公超曾用"慢、稳、刚"三个字来形容梅先生。

　　梅贻琦的名言是"身教重于言教"及"所谓大学者,非谓有大楼之谓也,有大师之谓也"。他认为教授责任不尽在指导学生如何读书、如何研究学问，还要能指导学生如何做人，因为求学与做人是两相关联的。凡能真诚努力做学问的，他们做人亦必不取巧、不偷懒、不作伪。梅校长只求埋头做事，不在多言。抗战期间，清华、北大、南开合组国立西南联合大学，梅贻琦以校务委员会常委身份主持校务，父亲那时也曾任教于西南联大。那时另外两位校长蒋梦麟、张伯苓经常有很多社会活动，所以，日常的校务工作基本都是梅先生做。

1955年，梅校长自美回台，筹办新竹清华原子科学研究所。新竹清华大学研究院筹备委员会，除梅贻琦校长外，父亲浦薛凤和蒋梦麟、张其昀、钱昌祚、陈雪屏、钱思亮等都是委员。清华在台的建校工作，因除了梅校长本人外，择地、建屋、请拨经费、购置图书仪器、装配实验室、设计和装置原子炉、商聘教授等等，一切都要从头做起，梅校长历尽艰辛，都一手操办。父亲亦曾参与协助清华在新竹的建校工作。

1958年，梅校长出任台湾"教育部"部长，兼台湾清华大学校长，那时他嘱父亲协理事务，父亲自觉义不容辞、无从推却，而出任台湾"教育部"政务次长以协助梅师。就职那天，梅校长向同仁致辞，要他们多记着"教育"两字，而少注意"部"字。其意即实事求是，避免官僚敷衍习气。梅校长

　　韩咏华(右三)、梅祖彬(右四)与浦薛凤(右一)陆佩玉(左一)夫妇、浦丽琳(心笛,左二)等合影于台北

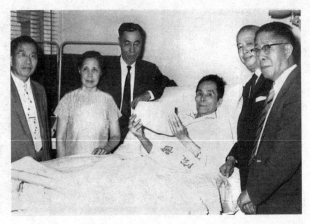

　　浦薛凤(右一)与霍宝树(右二)、陈可忠(左一)、李干(左三)等友人探望病中的梅贻琦,左二为梅夫人韩咏华

主张提倡科学教育,并接受父亲的建议贯彻教育法令,在两年半任期内,曾着重实行此两项。

1960年5月梅校长患病入台大医院疗养。病期中,父亲尽力协助部务,但父亲说:"部中一切重要事项,都由梅校长在床上亲自决定签字。"1961年梅先生辞去"教育部"部长职务,仍兼原子能委员会主任委员;1962年2月当选"中研院"院士;1962年5月担任台湾"中央大学"地球物理研究所筹备委员会主任委员,5月19日病逝于台大医院。梅校长一生两袖清风,没有积蓄,连医药、丧葬费都是由校友集资的。逝后安葬在台湾新竹清华大学校园之梅氏墓园曰"梅园",园内有校友集资所植名贵花木,包括梅花数百株。

梅校长儒雅谦和,喜爱音乐、书画和诗词。人们称他是"寡言君子",以"讷于言而敏于行"称著,更以"言必信,行必果"而令人崇敬。他虽谨慎严肃,但也有幽默的一面。如1944年,父亲病中得冰心赠词,调寄《浣溪沙》作《水仙》,父亲步韵奉答回冰心《咏瓶中红梅》后,多位友人如浦江清、顾一樵都相继写了词来唱和。梅校长也写了下面的《浣溪沙》:

不羡鸳鸯不羡仙,醉来斜倚小炉边。荔枝尝罢试新烟。
蝴蝶梦中空幻化,嫦娥月里共蹁跹。樽前春色酌谁先。

梅校长故世后,父亲在一篇《含泪回忆吾师梅校长月涵博士》的文章中点出"梅师之教育精神,在学问则诲人不倦,在事业则以身作则,在品德则潜移默化。尤其是在德育与群育方面,熏染陶冶,一出于'无言之教',其收效至为宏大",并说梅校长"其风范品格,足为每一世代之人师"。

梅贻琦夫人韩咏华(1893—1993),原籍安徽,天津人,幼稚师范毕业。1919年和梅贻琦先生结婚,为人和善可亲。自50年代起居住美国。1955年冬,梅校长为台湾清华大学建校和建立清华研究所,自美飞回台湾,梅夫人没有随去。梅校长在台任"教育部"部长后,梅夫人仍一直住在美国。直到梅校长患病入台大医院后,梅夫人才自美飞台照顾梅校长,为时两年。

1955年梅校长还住在美国时,太老师与太师母曾叫我去他们在纽约市的公寓中吃过一次晚饭。1958年父亲去巴黎参加联合国教科文组织会议后访美,经过纽约市时曾特地去看望梅师母。那晚,梅太师母在家里的工作是照看一个婴孩,暗暗的灯光下,我们看到太师母和一个睡在小床上的婴孩。1962年左右,我自新加坡去台湾看望父母,梅太师母和她的大女儿梅祖彬也正在台北。

我的父母亲以弟子之礼敬重梅师和梅师母。梅校长故世后,父母亲和梅夫人一直保持联系。父亲到美国讲学

李熙谋（左）、浦薛凤（中）、梅贻琦合影

教书后,曾请梅夫人到父母亲康州的公寓中小住数次。那时,母亲亲自做一切家事,亲自煮饭。父母亲把自己的睡房让出来让梅太师母用,父亲睡可叠起来的小行军床,母亲睡沙发。母亲怕梅太师母夜里如厕不方便,还特地放个小洋瓷尿盆在梅太师母睡房中,母亲自己天天清洗。我知道后,认为母亲自己年岁也大了,孝敬太师母是良举,但不能过于劳累自己。母亲是诚心诚意把师母当作自己的母亲辈看待。上辈子人这种对待长辈至诚的心意与美德,是我们下一辈人不能够完全理解的。1973 年,父母亲搬居南加州后,第一件事就是要我们开车到北好莱坞地区,陪他们去拜望梅太师母。那时太师母住在大女公子梅祖彬家,我们后来曾去那儿吃过饭。之后父母亲和太师母仍不时有往来。由于梅太师母的公子早年自美回到中国大陆,1977 年梅太师母选择了回北京定居,1993 年故世,享年一百岁。

海外遗珠

——新发现的胡适信

1972 年秋,我在南加大图书馆旧书拍卖的摊子上,意外地看到一本老旧的 1934 年的《清华年刊》。一本藏青布料做书面的册子,内页第一页上有三四行英文字,写道:"一九三五年三月廿五日在梅校长处午餐,梅校长以此大学毕业班年刊相赠。"我再翻看册页,竟看到我父亲年轻时在清华大学任教当系主任时的相片印在其中。朱自清、俞平伯、顾毓琇、蒋廷黻、冯友兰等许多父辈的友人们的相片,也都在这册子里。马上,我付了两角五美金,把这《清华年刊》自拍卖的摊子上买了下来,拥为至宝,在那年圣诞节与新年时,把它当珍贵的礼物送给了父母亲。

推想起来,这本《清华年刊》纪念册,是随着一位美国教授或学者漂洋过海,从北京清华园来到了美国。数十年后,这位学者大概已故世,纪念册被捐赠给南加州大学图书馆,没被选入图书馆的收藏,而落到拍卖的书摊上。好在它被一位清华后人看到,珍惜地买去。不然,这本《清华年刊》纪念册的下落，不堪想象。缘于此，我不禁联想到，在海外，也许我还能发现一些其他流散的中国书物文件珍品。想不到许多年后，竟真有缘被我发现了一些未经发表过的宝贵的胡适亲笔手迹信件，寂寂地躺在一个海外的图书馆盒子中。

美国的哈佛大学、哥伦比亚大学、斯坦福大学的胡佛研究所，均收有不少中国名人档案文件。可是，外人能咨询查索出的，只是图书馆肯对外公开的收藏。我猜想并深信，一定会有其他中国名人的文件档案，没经图书馆编目公开而不为外人所知。为了想探寻出没经编目公开的资料文件，我曾于1999年冬开始做了一次调查，向全美国拥有中文书籍收藏的大学图书馆一一进行查询。查询结果，发现有一些图书馆，果然收存了一些中国名人一手原始资料文件，但因种种原因包括人手不够、经费不足、怕外人咨询麻烦，到目前为止没法将这些资料编目公开。有一些图书馆，甚至不肯答复我的查询，因为他们不要外人知晓他们有没编目的文件资料。

使我最为兴奋的，是发现了一些非常宝贵的没经编目、从未公开、不为人知晓的胡适亲笔手迹信件。这些胡适亲笔信中，最引我注意的是民国二十七年，即1938年11月15日，胡适用"中华民国驻美大使馆"信笺，写给一位朋

1936 年胡适在南加州大学被授予荣誉文学博士

友的长达四页的信。

这信中说，那年 7 月 19 日胡适到法国巴黎，次日（即 7 月 20 日）得蒋介石电报，要他出任驻美大使。胡适没有马上回电。24 日抵伦敦，又得行政院电报，胡适"踌躇"了七八日，才决定接受。胡适信中说：

　　我自知不能做外交官……我没有"扑克脸"。但在此时间，我无逃避之理……国家承平，用不着我们；国家越倒霉，也许越需要我们……我决心为国家暂时抛弃学术生活一两年。

又说：

　　伸头也是一刀，缩头也是一刀，不如伸头。

这封信，道出了当年胡适接受中华民国驻美大使要职时心中的想法。"天下兴亡，匹夫有责"，胡适在国家"倒霉"的时候，毅然选择要为国家尽力。

源于这一封信，我查看了图书馆中好些胡适的书信全集，集子中都没有收录这封信。2003 年安徽教育出版社出版、由季羡林主编的《胡适全集》，也没有这封信。这封信一直流落海外，不见天日地被放在图书馆的一角，是海外遗珍。名人的手稿与宝藏，若不经图书馆编目公布，学者、研究者是无法与之接近的。这封富有历史价值的信，多年来寂寂地躺在一个角落，我希望它能与世人见面。

好奇心促使我翻阅《胡适全集》，只见1938年7月20日的日记里胡适记着：

下午得纽约转来一电，是蒋先生签名的，其意要我做驻美大使。此电使我十分为难。

7月26日写：

我拟一电，说"廿余年疏懒已惯，决不能任此外交要职"，最后推荐施植之，许以"以私人助其疏导舆论"。

林斐成兄见此电稿，大不以为然，他不赞成我此时推却此事。

夜与复初长谈，他也不赞成我推却。

回寓后又修改此电，半夜后始决定，此时恐无法辞却；既不能辞，不如"伸头一刀"之为爽快。故最后修改电文为接受此事。

7 月 27 日写：

近日决定发昨夜最后修改之电，文如下：

……国家际此危难，有所驱策，义何敢辞。

惟自审廿余年闲懒已惯，又素无外交经验，深恐不能担负如此重任，贻误国家，故迟疑至今，始敢决心受命。

胡适于 9 月 28 日赶乘玛丽皇后号（Queen Mary）船，自英驶纽约。10 月 3 日抵纽约，数日后即赴华府上任。我查看到同年（1938）此时期，胡适 9 月 2 日致傅斯年的信写道：

我自己被逼去美国做大使，此事想你已知。七月十九我由美国到巴黎，廿日即得蒋先生电劝就此事；到廿五日始接孔庸之电。我为此事踌躇了七天，明知非群小所喜，但终不忍推辞，故廿七日决心允任……大概此事我不能逃，亦不愿逃。明知不能有所作为，姑尽心力为之。我大概十月初可回美；以后总得牺牲学术生活两三年。但战事一了，我必仍回我老生涯去。兄等当信此誓言。

　　浦薛凤(后排左三)、胡适(前排右二)、梅贻琦(前排左二)等与
国际民间慈善组织有关人士合影,约 1954 年

在另一封 9 月 24 日致夫人江冬秀的信中，胡适写道：

我二十一年做自由的人，不做政府的官，何等自由？但现在国家到这地步，调兵调到我，拉夫拉到我，我没有法子逃，所以不能不去做一年半年的大使。

我声明做到战事完结为止，战事一了，我就回来仍旧教我的书。请你放心，我绝不留恋做下去。

细读胡适当年的日记和他致友人傅斯年及妻子江冬秀的信件后，我发现日记和信件内容，均与这封遗留在海外 1938 年 11 月 15 日的信内容一一吻合。胡适当年是牺牲学术生活，被"逼上梁山"做美国大使的。他喜爱的是学术生活，但为了国家，决心允任，尽心力为之，他是如何地爱中国！但他发誓战事一了，必仍回到他的学术生涯去。胡适任驻美大使时期为 1938 年 10 月至 1945 年 4 月。

从这一封胡适担任驻美大使前的亲笔手迹信中，我们看到历史，看到那时的中国，看到胡适的品格与为人。胡适，胡适，哲人远矣！

亮之：

夏天我在歐洲，你到紐約，～是不曾一見，十分抱愧。

前日收到十月十八日手書，謝！

我七月十九到巴黎，次日即與濤先生電話他美事，

茜到倫敦，又與行政院電，我特傳了八日，好決心接

受。明知伸頭也是一刀，縮頭也是一刀，不如伸頭

更爽快了。以此事之故，在歐洲兩个月，實在焦心

休假。中間又經許多波折，最後才使命令。我自知

中華民國駐美大使館

胡适致浦薛凤信札

回忆顾毓琇伯伯

顾毓琇伯伯和父亲是清华的同学。留学美国时，他们曾同时在麻省进修，后来又同在清华教学。1997 年江泽民先生到美国访问，曾特别到费城去看望他在上海交通大学时的老师顾老。

1962 年，父亲应美国 John Whitney Foundation 之邀，抵美教学，我们曾陪父母去宾州看望顾伯伯、伯母。往后，父亲和顾伯伯除了为清华大学校友会有关事务及清华友人们的事通信外，还有不少诗词唱和往来，因为他们两位都极喜爱诗词。

顾伯伯给父亲的信件中，有一封写了不少有关清华学人叶公超先生抗战时期的种种爱国行为，以及叶公超为中国外交工作所做而鲜为人知的事迹。如叶公超在上海被日寇关入监狱，被施刑而不屈：

公超在上海入狱，日寇施刑，至死不屈。从狱中在香烟纸上写字条给弟,略云"Trust me! Will not yield (fail)!"此字条或系 Julia 从监狱中带出,托人带重庆指定交弟亲收。

并说叶公超在新加坡,曾组织了义勇军武装抗日团体。曾亲赴前线指挥战斗,直到英军撤退了,他才坐潜水艇离开新加坡。此后,英国人对叶公超刮目相看,尊他为战斗英雄。信尾说,胡适之先生私人谈话时,曾常常称赞道:"清华真了不得,出了两个外交斗士——蒋廷黻、叶公超!"

20 世纪 80 年代初,顾伯伯知道了我 50 年代时曾为纽约市白马文艺社的社员,写过新诗,就写信给父亲鼓励我。父亲嘱我寄一本那时由台湾时报文化出版社出版的我的《贝壳》诗集给顾伯伯。顾伯伯收到读后,竟写了一封长达两页的信给我,鼓励我要继续写作:

希望你继续写作。虽近中年,仍可有新发展。(有人说"人生七十方开始",现在也有人改为"人生八十方开始",来日方长!)

他信中并说他在清华当学生时,没敢写新诗,因为清

顾毓琇致浦丽琳（心笛）信札

华文学社成立时,已有闻一多、梁实秋、朱湘、孙大雨、饶孟侃等诗人,故他加入了戏剧社,后来抗战时在重庆,他写了一些抗战爱国的剧本,在重庆上演,等等。信中字里行间,显出他对文艺的喜爱。信中又说,他认识许多白马社的社友:

　　白马社的许多社员,我大多认得,顾献梁在纽约、在台北,都见到,并且谈得不少。林振述是北大、西南联大的学生,但他亦认我为"老师"。我原是联大教师,因参加教育部而请假。

　　黄伯飞相熟,在 New Haven 见过,他善吟诗词……周策纵先通讯,后在波士顿见面,至今保持联系。唐德刚在纽约有相会见面,但未谈诗,他是历史专家。何灵琰有好些年的来往,并且看过她同黄庚的戏。

　　父辈的朋友,会因小辈写新诗的区区小事,而费时提笔写长信给小辈鼓励的,该是少见的了。我想,定是因他自己对诗有浓厚的兴趣才会如此。后来,他又寄赠我好多本他的著作,有诗,有曲,有文,并有他的一本英文自传。因此,我对这位顾伯伯留有很深的印象。

　　我的小弟弟浦大祥教书的大学,就在顾伯伯、伯母所住的城市。大祥很敬重父辈的朋友,每隔些时,他都会在百忙中去探望已退休年高的顾伯伯、伯母,有时还会约老人家们外出吃饭。那时顾伯伯们年岁高了,外界和他们的接触也较少了,有晚辈请他们外出共餐,对老人家们来说是欣慰愉快的事。

我的大弟浦大邦是物理学教授,1984 年 12 月由美国去台北开科学会时,因辛劳过度,不幸故世,顾伯伯写信给父亲慰问,还写了首诗:

青年英俊去,老父泪纵横,壮志难酬得,昊天太不平!
英年惊谢世,父老泪纵横,壮志难酬得,昊天胡不平!

父亲八十八岁生日时,顾伯伯用毛笔写了诗寄给父亲,另寄了一份给我,一份给大祥弟。他在多封致父亲的信里,一再叮嘱父亲要把多年来写的诗早点收集出书。顾伯伯还为父亲八十八岁生日米寿写来了诗。

父亲于 1997 年故世后,九十五岁的顾伯伯主动来信和我说,他将会写一篇纪念我父亲的文章,他并说那将是他最后给人写的一篇文章了,那时他已九五高龄,我心深深为之感动。那文曾发表在《清华校友通讯》上。如今父亲和顾伯伯都已不在人世,他们两位的诗文可让后人传读

UNIVERSITY *of* PENNSYLVANIA

School of Engineering and Applied Science
Department of Systems
Philadelphia, PA 19104-6315
215-898-9390

清華水木鐘靈秀
哈佛劍橋憶壯遊
報國書生參密勿
宣勤台島展宏猷
主持教化杏壇建
樂育英才桃李稠
新歲霞觴逢米壽
蓬萊海屋鶴添籌

逖生學長 八八米壽

抗戰時期任國防最高委員會參事
為最高當局所器重
台灣省政府秘書長連任多次 為歷屆
主席所信任 秉行德政
君台襄佐橋月涵師 主持教育部務
又助陽伯苓先生恢復政治大學

月人以八十八歲為米壽

學弟 顧毓琇 撰句恭祝 丁卯元宵

PENN

顾毓琇贺浦薛凤八八米寿所作诗

下去。如今再读保存完好的顾伯伯给我们两代人的诗与信，令我久久地沉浸在对他老人家的回忆中。老人家当年对父亲的祝福，和对我的嘱咐、鼓励与鞭策，给了我们两代人快乐的心境和奋斗的力量。

汉学大师杨联陞

　　杨联陞(1914—1990)，字莲生，是哈佛大学的名教授，余英时的老师，国际知名的汉学大师，台湾"中央研究院"院士。1937年毕业于清华大学经济系，毕业论文由陈寅恪指导。1947年起在哈佛大学远东语言文学系任教。1965年获哈佛燕京中国历史讲座教授。

　　杨联陞先生学识渊博，治学谨严，著述以英文为主，曾发表近百篇论文与书评，对世界第一流汉学家作品做出严厉的学术批评，激起西方汉学界普遍而热烈的反响，享有"汉学界的检察官"之美誉。

　　杨联陞先生国学深厚，写古诗，也写新诗，与胡适有深厚交情，两人常在信中讨论学问，讨论新诗。当年胡适立遗嘱时，曾指定杨先生为其英文著作整理人，推崇他是"最渊博的人"。钱穆也曾说："杨联陞教授最难得的不仅在于才华卓越、思想敏锐，而且更在于性情醇厚；这三种性质同时集中于一身是不多见的。"

　　杨联陞(左)与浦薛凤(中)、浦大祥在哈佛大学观看网球比赛后留影

杨联陞先生是父亲清华大学时的学生。杨联陞和我父亲通信时，称我父亲为夫子，常把他的诗作寄给父亲，并曾送给父亲一幅他画的山水画，画得非常雅。我存有一张父亲、弟弟大祥与杨先生在哈佛大学看球赛时的照片，笑眯眯的，像三个小孩，很是可爱。那时父亲已八十来岁，看上去还神采奕奕，杨先生也已退休了。杨联陞先生的声名在国际学界比在中国更为人知、更响亮。以他哈佛大学名教授的地位，能如此尊敬老师，是很少见的。不似时下我遇到的一些美国大学当教授的中国人，有的竟得意忘形地忘师忘本。

　　我不记得是否见过杨先生，但曾因新诗而和他通过多次信。他细读了我的诗集《贝壳》后，曾写了一封鼓励我的长信，表达了他读我诗作后的感觉。他说："每首都有意思，所以是自己的诗。"他说《寒林》令他联想 Robert Frost 的一首诗；《年节夜》韵特别好，响了几声，是炮仗，结句"富家的地板烫僵直的街道凉"，像元人小令；《散工后》是纽约夜景，"没声没形没嗅"，"没树没鸟没狗"，结句有力；辛稼轩《西江月》有"宜醉宜游宜雕"，"管竹管山管水"；等等。他特喜欢我那首《蜗牛》……

　　我对元人小令没有研究，辛稼轩的《西江月》那时也没读过，读了杨联陞先生的赞语，真令我如上云霄了。想来他是如胡适先生般真心爱诗，爱谈诗，爱给写诗的人鼓励。可惜我没敢向杨联陞大师要他写的新诗。在 2010 年台湾出版的《海外新诗钞》(周策纵、心笛、王润华合编)里，我们曾珍重地将周策纵手中仅有的七首杨联陞先生的新诗草稿收入。

LIEN-SHENG YANG
63 MOULTON ROAD
ARLINGTON, MASS. 02174

白日夢也是夜夢之續

成功的花紋似朝似霞

像一條五色斑斕的修長錦練

繫着燃燒風筝在團空中飛舞

× ×

夢裡有一个夢，又套一个夢

像古木潭中的大小漩渦

濃碧如一握芭蕉的心

迴旋着陰暗裸，就有層不了剎

心笛女史　雅正

楊聯陞醉作
1984
6.13

杨联陞写给浦丽琳(心笛)的诗作

美的漂泊

——张爱玲作品手稿展及其他

张爱玲，经历了最高度的华丽与苍凉，就这样淡淡地从洛杉矶消失了吗？她的骨灰，随着花瓣，早已撒入太平洋的海中，而洛杉矶一定要保留下一点东西来纪念这位杰出的中国作家啊！

室内无声，寒飕飕的。四壁全是旧书报，中文的、韩文的。书车和纸盒箱，东放西堆。这是南加州大学图书馆最底层的一角，远东图书馆的一间收藏室，我一个人在这儿翻看整理张爱玲的遗稿。

张爱玲成名于1943、1944年抗战时期的上海。她23岁左右写的《金锁记》，被夏志清教授誉为"中国从古以来最伟大的中篇小说"，也是公认的经典之作。1954年创作的小说《秧歌》也是一部不朽之作。她的作品在海内外曾引起热潮，并被重视。在这阳光满地的洛杉矶，她闭门隐居，独出独进，静静地度过了她最后23年的岁月。在这23

年不算短的时日中,洛杉矶的华裔人士差不多都无缘见到她或认识她,她的邻居和附近店铺中的人,也都无缘与她交谈。她过的是大都市中平凡的小市民绝对隐居的清寂生活。1995年9月,正值中秋节前,张爱玲被发现在她公寓的地板上躺着,盖着毯子,已离开了这喧闹的城市,她以最超逸的姿态,在恬淡中淡出。

张爱玲,经历了最高度的华丽与苍凉,就这样淡淡地从洛杉矶消失了吗?她的骨灰,随着花瓣,早已撒入太平洋的海中,而洛杉矶一定要保留下一点东西来纪念这位杰出的中国作家啊!在这张爱玲住了20多年的城市,怎样才是最好的纪念她的方式呢?

同住在洛杉矶城的诗人张错是南加州大学东亚学系的系主任,他想出了一个最好的办法,独自一个人就着手去做了。他费尽心力四处奔走,向各处寻集了一些张爱玲的手稿、相片、书册及信件,他有意要在南加州大学为张爱玲设立一项"张爱玲特别收藏",让我们与张爱玲有同城居住之缘的人们以及来访南加州的人都知道,在这座城市的最高学府中,张爱玲的一部分文化遗产得以永久保留与珍藏。

后来,我自任职了四分之一世纪的商学院与会计学院图书馆调转到东亚图书馆,工作上就与张错教授有了来往。张错希望图书馆能特别为张爱玲的收藏建立一室或一个角落,永久性地陈列张爱玲的手稿及文物。由于图书馆缺乏空间,目前是不可能的。除非将来东亚图书馆能迁入新址,有足够的空间和经费才行。几经联系、交涉、考虑,张教授对我说,他会将他搜集的文物交给图书馆保管、收藏,也希望图书馆将来能有华人和多方面的支持与捐献,将张爱玲的资料收藏扩大,为南加州大学的中文图书收藏增多珍品。

记得那天接到张教授的电话,说想在一两天内就把张爱玲的手稿等资料,从他办公室移交给东亚图书馆。我迫不及待地找了东亚图书馆馆长柯兰谷博士,立刻赶到张错教授办公室去。张教授把一大一小的纸盒子打开,抽出相片、书和一些中文影印的手稿,是皇冠捐赠的;有两张卡片短笺,是大地出版社姚宜瑛女士捐赠的。大盒子底下有用三个玻璃纸袋包着的打字机打印的原稿等资料,张教授说是从香港宋淇太太那儿取得的,是张爱玲没能出版的英文稿。张爱玲自1995年离开香港到美国,原是有意以英文写作,打进美国文坛的。

张爱玲除《天才梦》一文因征文得奖刊于《西风》杂志外,最初的一篇投稿,是以英文写的有关时装的文章,发表在上海一份国际性的英文刊物《二十世纪》(*20 Century*)

上。那时，该刊编者即称张爱玲为"极有前途的青年天才"。《秧歌》也是先用英文写的，英文版 1995 年在美国印行后，《纽约时报》与各大书评刊物均予以极高的评价。《图书馆学月刊》并说张爱玲雅丽的英文，使土生土长以英语为母语的人都感到羡慕。

在初步翻看两个盒中的资料时，我的注意力全被相片和中文稿所吸引，后来为了要登录两个盒子中的资料概要，才将英文稿取出，摊在桌上。玻璃纸袋已有点破碎，白色的纸页在边缘上呈现些许黄色。有大字形打字机打印的稿子，有小字形打字机打印的，明显可以看出是不同时期的作品。由于章回并没有完全按次序排放，我必须尽量按照打字机的字形大小、纸张的异同，将不整齐的稿纸分门别类，再按章回的数字排前置后，大略地整理出一堆有 64 章的英文稿，和一堆字形大些的四十来章差不多内容的稿子，还有一些黄色复写纸打印的副本若干章。其中有一篇是张爱玲的英文演讲稿，一篇上写"The Young Marshall"的英文稿似乎是另外放着的，内容是有关西安事变主角少帅张学良的小说。

早年，我虽读过张爱玲的作品，但不多，不能算是"张迷"。如今，亲手触碰张爱玲的手稿、文物，特别感到有一种亲切感与历史感。为了争取在图书馆"宝藏室"陈列张爱玲的手稿等资料，我开始翻看手边有关张爱玲的文章及其著作。在纪念张爱玲的文集《华丽与苍凉》一书中，看到《中国时报》颁奖给她时的相片。一连数日，张爱玲的眼神一直挥之不去，处处皆是，我全被她包围了。

我再次回到寒飕飕的储藏室，翻看张爱玲的英文稿纸，一行行的打字，夹着作者用黑色墨水钢笔修改的正体英文笔记。连黄色的副本上也有疏密不一、用黑钢笔修改过的字迹，有时与白色原本上又不相同。这些稿纸，曾经过多少次的订正与修改，多少的心血曾注入这些纸页中。稿纸中有一个大信封袋，上面有麻省康桥拉德克利夫学院研究所（Radcliffe Institute for Independent Study）的字样，从邮戳可以看出，是 1968 年 9 月 18 日寄给张爱玲的。另有一个旧而老的哥伦比亚大学用的淡棕色牛皮纸封套，上面有夏志清教授名字的淡淡的英文字样，套子反面有张爱玲写的"海上花"三个字。于是我推测，这些英文稿是《海上花》的英译手稿。英文稿纸中有一页打着"The Sing-song Girls"的标题，这大概是张爱玲为《海上花》所译的英文书名。原来，这就是英译《海上花》，传说遗失多年的原稿。

《海上花》即《海上花列传》，是一部用苏州土话对白描写沪上妓院风光的小说，作于 1894 年光绪末年，署名花也怜侬,实为韩邦庆(字子云)所著。一般不懂吴语者,由于吴语障碍,读不懂苏白的意义与神韵,故对此书问津者不多。鲁迅认为《海上花》平淡自然,为"狭邪小说"中上品。胡适认为它是"吴语文学的第一部杰作",为之作了考证,并与刘半农推动该书。1926年上海亚东书局出版了标点版的《海上花》,胡适还特别作了序。张爱玲于1950年就在给胡适的信中说她有意将来把《海上花》译成英文。因为张爱玲觉得《海上花》的写作与内容均平实,能传连"通常的人生的回声",这书有"细密真切的生活质地"和"日常生活的风味",与《红楼梦》有"三分神似",是"旧小说发展到极端最典型的一部"。她在康桥拉德克利夫学院研究所专心翻译这部晚清小说《海上花》。在译稿还没有完成时,张爱玲在致夏志清的信中请夏为之写序。1982年香港出版的《译丛》(Rendition)曾刊出首二章张译《海上花》,用的英文题名为 The Sing-song Girls of Shanghai。之后,全书并未问世,传说在多次搬家中,译稿给丢失了。当我读到《华丽与苍凉》里夏志清悼文《超人才华　绝世凄凉——悼张爱玲》中说:"有一天庄信正对我言,这部译稿搬家时丢了,我听了好不心痛。"我即感到我必须马上打电话或写信告诉夏教授,他一定会高兴的。

夏教授是50年代中识得张爱玲的伯乐,在他1961年出版的《中国现代小说史》中，就为张爱玲在文学史上定位，往后并热心为她推荐。夏、张之间，有着深厚的友谊与信任，并有书信往来。于是，在我提笔写信给夏教授时，我突然想到，也许夏教授肯借一两封张爱玲致他的信，让南加大图书馆于 10 月 21 日至 10 月 31 日的张爱玲手稿展更为增色，更有意义。为了确定写信的地址，我先打了电话，竟是夏教授接的。当得知张爱玲英译《海上花》手稿在南加大时，他很为兴奋，忙问有多少章，并希望这部译稿能早日出版。

为了支持张爱玲手稿展，夏教授很快寄给了我两封张爱玲致他的亲笔信，一封是 1965 年 6 月 16 日写的，另一封写于 1968 年 9 月 24 日，都长达两页，语气亲切含蓄，洋溢着深厚的交谊。夏志清对张爱玲热心帮助，有意把张爱玲那时还未能出版的《北地胭脂》(*The Rouge of the North*) 推荐给美国出版界的诺登公司 (W. W. Norton)，可在第二封信中——1968 年的信里——看出，张爱玲提到请夏志清为她的英译《海上花》写序之事，并请考虑能否将中国诗与画的手法应用进去。信纸上的每一滴墨水、每一笔，都是张爱玲生命走过的痕迹。

韩子云的《海上花列传》原有六十四章回。为了艺术上的完美，听说张爱玲删去了三十八章至四十一章中的一些章回,并合并了五十章与五十一章。她后来又译成普通话并加以注解的《海上花》,分《海上花开》《海上花落》上下两册,共有六十章回。但目前在南加大的英译稿,却有六十四章回。

夏志清在电话中曾说,张爱玲告诉过他英译《海上花》约有六十章回,他给我的信中也提到张爱玲对他说过书中有"十章她要简译或删掉"。我因之推测,也许,南加大的这份手稿,是张爱玲遗失的英译稿修改打妥之前的一份原稿。

我的推测,是源于一些观察。稿纸的边沿,有些页呈泛着浅黄,而副本又是复写纸打印下来的,很像是60年代末70年代初完成的。因为70年代中以至80年代,影印副本多已取代复写纸的副本了。将手稿和《译丛》刊出的对照,有些用字不完全相同,我猜想编者不至于更改润饰,定是张爱玲自己修改的。这么说来,张爱玲多次搬家时,可真是把那最后修改又修改的六十章英译稿给弄丢了。南加大的六十四章《海上花》是万分珍贵的。

从事英译《海上花》,张爱玲具备了特别的条件:深厚的国学与旧小说的修养,也精于吴语与沪上习俗传统、优秀熟练的英语才华。为了这项学术与文化的贡献,张爱玲耗费了许多创作的岁月。英译《海上花》没能在她有生之年问世,恐是她的遗恨。如何使张爱玲的英译《海上花》妥当地早日出版,将是我们未来努力的目标。

"美的漂泊——张爱玲作品手稿展及其他",于 10 月 21 日在南加州大学图书馆的"宝藏室"展出。在隆重的开展典礼上,总图书馆馆长、文理学院院长、张错教授等均先后致辞,参加的来宾有一百多人。为了要使中外来宾能听到一些张爱玲语录,柯兰谷博士和我分别用英文与中文朗诵了张爱玲书中的片段。

"宝藏室"门启处是一张摄于 1966 年的张爱玲黑白相片。微侧的脸,石膏像般,在玻璃框里俯瞰世界。张爱玲致哥伦比亚大学夏志清教授 1965 年的那封信,也一道陈列在高高的八角形玻璃柜里,而就在两旁两座稍低的八角形陈列箱中,分别放着姚宜瑛女士捐赠的张爱玲手写卡片和皇冠出版社出版的《张爱玲全集》。长桌型的六个玻璃陈列柜框中分别放着:(一)张爱玲家人和她幼年时的相片以及李鸿章像。(二)英译《海上花》手稿,《译丛》1928 年刊出的首章本貌和 1968 年张爱玲致夏志清的信;信中论及请夏为英译《海上花》作序之事。(三)以西安事变主角张学良为原型的《少帅》英文手稿 *The Young Marshall*。(四)著作《金锁记》《怨女》《秧歌》《赤地之恋》中文本,《人民文学》刊出的"三反运动"中一个"同志"的自白讨论(即张爱玲《秧歌》之作灵感的来处）；三本张爱玲的英文著作：《北地胭脂》（*The Rouge of the North*）、《秧歌》（*Rice Sprout Song*）、《赤地之恋》（*The Naked Earth*），全是第一版的书。（五）张爱玲在1988年或之后所写，以洛杉矶为背景，以公车站椅背上涂写的名字，猜测是出自华侨之手的短篇中文手稿《一九八八年至——？》，似乎是一篇没写完的稿子，没发表过。（六）张爱玲的美国夫婿，作家甫德南·赖雅（Ferdinand Reyher，1891—1967）的相片、著作与剧本。1943年上海英文刊物《二十世纪》上张爱玲的首篇英文文章和自画的插图，也一并展出。"宝藏室"左右两边的橱窗上，置着大大的张爱玲写作高峰时期的相片，整个"宝藏室"的气氛高贵而冷寂、庄严而大方，有一种凄凉之美。张爱玲晚年喜欢空白的墙壁，从不挂画。

特别为展览而设计的展出海报，上面有张错选的张爱玲的垂首侧面相片和海葬时太平洋的波浪、花瓣、张爱玲白色的骨灰。我从父亲收藏的《御刻三希堂石渠宝笈法帖》中挑出宋朝黄庭坚的墨宝，拼成"张爱玲"三个字样，放在上面。

张爱玲三岁时就背诵古诗，七岁时就着手写小说，九岁时就写信给编者，自幼就以写作为生活的目标。虽以小说成名，张爱玲却出入于散文、诗歌、小说、戏剧、评论、学术与翻译之间。

　　寂静的岁月，真实，残酷，苍凉。漂泊海外的张爱玲大半生是一座美的孤岛，坚强而冷绝。洛杉矶将永远藏着她生命走过的痕迹。

收藏张爱玲信件始末

　　所有的眼睛都盯住我，当我提出南加州大学图书馆可争取收藏几封张爱玲写给夏志清教授的中文信件时。那时我们正在图书馆开特别收藏小组会议，十二个人围坐在"宝藏室"大桌四周，讨论该如何利用一笔图书馆给的特别采购费用金，来为图书馆收藏购买几件特别的珍贵书物。往年，这种特别收藏费用全都花在购买西方文字的特别收藏上。这次我有机会第一次参加这种小组会，立刻感到我应该争取为中文收藏增加一些特别文物。想着，想着，心血来潮，不假思索，举手发言，脱口而出地建议，想买几封中文的张爱玲的信件。那真是一时心血来潮的建议。

　　1997年南加州大学图书馆在准备筹办"美的漂泊——张爱玲作品手稿展及其他"前，鉴于那时校中拥有的所谓"张爱玲特别收藏"内容太过单薄，我觉得不够分量开展览，因此我曾亲自向夏志清教授借来两封张爱玲写给夏教授的亲笔原信，放在校中的展览玻璃柜中展出。

南加大募捐来的中文稿件太少,除了一篇短文、两三张短短的卡片,其他都是影印的,不是原件,用来开展览太贫乏、太勉强、太不像样。我兴起了向夏志清教授借张爱玲亲笔原信件的念头,张错听了对我说,夏志清才不会肯借张爱玲原信给我。我抱着试试看的心,自己直接打电话给夏志清教授。夏教授一听我要向他借张爱玲的原信件放在南加大图书馆的展览里,马上慷慨地一口答应。他挑了两封和《海上花》有关的长信,立刻邮寄给我。这两封张爱玲的亲笔信,大大地丰富提升了南加大图书馆展览的内容和品质。许多参观人留言,指出这两封原信给他们的观感。还有个人留言说,他用手和笔把张爱玲的两封信件全抄了下来带回去。

　　由于这个借信的经验,让我能在开会不假思索而脱口提出买张爱玲信件的建议。经过一个时期开会时的讲解和讨论,以及后来我的努力与游说,终于克服种种困难,我的建议得到全部特别收藏小组会议成员的支持。要得到全小组的支持并非易事,因为不懂中国文字的同事们,对张爱玲是何许人都一无所知,怎会轻易支持收藏她的信件?我告诉小组会,如果我们南加大图书馆能收藏到张爱玲的亲笔信原件,南加大图书馆的名声就会响亮了。私下,我游说韩国和日本的小组会人员,特请他们投票时支持我的建议。好不容易我在会议中说服了全小组,案子通过。最后超过我原来的建议和想象,我竟把所有张爱玲致夏志清教授的信,全部一百十几封亲笔信,都收藏到南加州大学图书馆里来了。

原先我只想为南加大图书馆争取收藏几封张爱玲写的亲笔信而已。当我打电话给夏志清教授探意时,夏教授说他不愿把信件分散,他要将张爱玲写给他的信,将来全部都送给夏太太王洞女士。

到下次开特别收藏小组会议时,我报告了夏教授电话上告诉我的想法。主席突要我再去问夏教授,如果南加大此时愿收藏张爱玲致夏志清的全部信件,夏教授肯考虑吗?我先写信去相问,同时又和夏教授多次电话商洽,夏教授感到我的诚意,和夫人商量后答说,他们认为在此时通过我,把全部张爱玲写给他的信件由大学图书馆来保存收藏,会比将来交由私人保存好。在电话上我问夏教授南加大该付多少钱来买张爱玲的信件,他给了一个很低的数目,我马上觉得数目太低,不能让夏教授太吃亏或占他的便宜,立刻说也许应加两倍才对。那时,我觉得要对得起夏教授也要对得起南加大。我上网查看,也查不出信件的市价。随后,南加大以夏教授所说的原价加了一倍将张爱玲全部信件买了来,分两年付款。

后来，夏教授慷慨地把他从宋淇夫人处取回的他自己早年写给张爱玲没被遗失掉的十几封信，也全捐给了南加州大学图书馆。这也是珍贵的收藏！

　　当我收到夏志清教授寄来的邮件盒子，看到张爱玲亲笔写的那么多封信时，我的欣喜真是无法表达。我觉得我能为南加州大学图书馆幸运地收藏到全部张爱玲致夏志清教授的信，是个不寻常的机遇与缘分，也是我对南加大最有意义的贡献。记得夏教授在接洽的过程中，曾问过我说："怎么别的图书馆没有人来找我要收藏张爱玲的信件呢？"我答道："别的图书馆也得要有喜爱中国文学的图书馆员，才会想到要收藏张爱玲的信件啊！"

　　其实，别的图书馆中也有喜爱中国文学的图书馆员，但他们没有我的缘分和机遇。我那年被分派到那个特别收藏的小组会中，是个好机遇。那年的一笔特别资金，由我心血来潮地提出建议而后争取，也是事在人为不放弃机会的经历与机遇。我和夏志清教授相识，也是缘分。

　　唐德刚教授在他的《胡适杂忆》一书中提到白马社社员写新诗的事。夏志清教授为《胡适杂忆》写了篇长序，序中有言云："心笛仅闻其诗名，不知人在何处。"我在南加州读到了该序，觉得夏教授似乎很关怀别人，故曾自南加州致一短笺去说："我在南加州芸芸人海中。"自此，我们曾偶通短笺。

1988年，我到纽约开会，和唐德刚教授通电话。唐教授相邀次日午餐，并邀当年白马社人共餐。那是我和所有白马社人不相见约30年后的首次欢聚。我因听说夏志清教授是"纽约八大景"之一，在电话上向唐教授打听，能否请他介绍见一次面。唐教授就将夏志清夫妇也邀请来共进午餐了。那天在中国城的大上海，一桌丰盛的酒席，有何灵琰黄庚夫妇、王方宇夫妇、刘教授、夏志清夫妇。夏志清真名不虚传，谈吐幽默，童心洋溢于言行，是一大景观。饭后去何灵琰黄庚夫妇家座谈，唐教授还为大家照了许多张相片。那是我们第一次也是唯一的相见会面。

我发现夏志清原来也是心直口快、符合他幽默外号"老顽童"的一个个性正直的人。夏志清和唐德刚教授都是不喜虚假、凡事实话实说、口无遮拦的正直学者。

一切都是缘！靠了早年白马社的缘、唐德刚《胡适杂忆》一书的缘，我能为南加大成功地收藏到张爱玲写给夏志清所有的亲笔信，也全是天赐的缘！

迟圆的梦

——张爱玲英译《海上花》的出版

　　张爱玲生前没能完成的一个文学梦，在张爱玲遗世 10 周年后，终于被夏志清和王德威两位教授代为完成了。2005 年 8 月 18 日，我收到哥伦比亚大学出版社快邮给我的第一本刚出版的张爱玲英译《海上花》(*The Sing-song Girls of Shanghai*)和编辑主任 Jennifer Crewe 亲笔写的一封感谢信。捧着书，心中有说不出的喜悦。

　　这本张爱玲英译《海上花》，是王德威教授策划编审、哥伦比亚大学出版社出版的一套中国文学翻译丛书之一。书中有王德威教授的前言、张爱玲的译者语和孔慧怡(Eva Hung)的后记。纸封面套上有夏志清教授与哈佛大学韩南(Patrick Hanan)教授的推介。英译《海上花》封面套的设计，经王德威高度审美的修改，出落得美丽大方而动人。我建议提供的"海上花"三个字，也印在上面。全书共 554 页，印在优良的不会变黄的纸上，配着中国红精装的布书面。书首页有南加州大学感谢宋淇夫妇赠捐原稿之字句。

张爱玲一生凄凉,但她在文学的路上,生前身后,一直有贵人相助。夏志清教授在 1961 年出版的经典名著《中国现代小说史》中奠定了张爱玲的文学地位,张爱玲的名声因之大起。这英译《海上花》,从开始翻译到出版成书,都与夏志清有密切关系,受到夏志清教授热心的协助与促成。王德威教授出书之功,更不在言下。在这本英译《海上花》出版前,王教授已先交由哥伦比亚大学在 4 月左右出版了 Andrew Jones 英译的张爱玲《流言》(*Written on Water*)一书,甚得好评。

　　五十多年前,张爱玲于 1965 年 10 月 31 日致夏志清教授的信中提到《海上花》说:"这本书我一直最喜欢,老有个志愿把它译成英文,可是这一类的工作往哪儿去找?"夏志清就为她出主意去找,推荐张爱玲申请拉德克利夫学院研究所奖助金,以从事英译《海上花》的工作。1966 年 3 月 10 日,张爱玲在信中对夏志清教授说:"(你)对我找工作的事实在费心,我确实感激得说不出话来,也就只好不说了。Radcliffe Independent Study 如果申请得到,当然最理想了。"次年,1967 年 3 月,张爱玲如愿以偿,Radcliffe 事成,张又托夏志清代买《海上花》一书。是年 9 月起,张爱玲开始在麻省拉德克利夫学院研究所专心全时翻译晚清小说《海上花列传》。

那些年中,张爱玲多次写信给夏志清教授,报告与讨论英译《海上花》。1968 年 3 月 30 日,张爱玲在信中写道:"《海上花》如果能由 Columbia Press(哥大出版社)出,你写篇序,那是再好没有。"同年 7 月 1 日的信又说:"《海上花》序还是希望你写。"1969 年 6 月 15 日,张爱玲信中有"《海上花》还有十四回没译完"的话,到了 11 月 12 日,她信中说"《海上花》恐怕要明春译完"。那时,她差不多已把《海上花》译好,打算听夏志清的建议,由哥大出版社出版她的英译《海上花》。

1980 年 11 月 12 日张爱玲致夏志清的信中又说:"我还在译《海上花》。"1981 年 10 月 1 日信中道:"我刚译完《海上花》,需要搁几个月再看一遍。"1981 年底,张爱玲贺年卡片上说:"英译《海上花》头两回登在下一期《译丛》上,要八三年才出。……《海上花》有你写序,由哥大出版,当然再好也没有了。等译稿改完了找人打了……就寄给你。序你也许可以先写起来。"

但 1982 年,张爱玲一念之间改变初衷,却想由大出版公司来出版。因以前在美国新闻处工作的麦卡锡先生(Richard McCarthy)为张爱玲介绍了一个出版代理人,张爱玲就委托此代理人来为她找寻大出版公司。1982 年 1 月 27 日张爱玲致夏志清的信中说:

（你）信上说我给《海上花》译本写自序，你写个短foreword，我也觉得是这样好……McCarthy……自动举荐代理人。这两年我译书的时候是心理上的一个支柱……还是多费点时间让代理人去试试……能出书，就比大学印刷所的发行较广……哥大方面暂缓进行……

但后来，因为逃避"虫患"不断搬家，张爱玲把那时手上修改了又修改的英译《海上花》稿，在无数次搬家中，终于遗丢了。直到南加大图书馆发现张爱玲早期的初稿。

回忆1997年7月，我在南加大图书馆中，整理宋淇夫妇赠捐给南加大的一堆不起眼的杂乱的"张爱玲生前没能出版的英文稿"，读到夏志清的《超人才华　绝世凄凉》一文，文中点出张爱玲曾英译《海上花》，除了首两章已发表，夏教授说："这部译稿搬家时丢了，我听了好不心痛。"夏教授这悼文，暗中帮助一个图书馆工作者走向正确的方向，引领我快速地查证出，手中整理的稿子中竟有张爱玲初期的《海上花》英译稿。夏志清的悼文也间接地帮助张爱玲完成了她生前自己未能完成的一项理想——出版英译《海上花》。

那时，全堆赠捐的英文稿中，没有《海上花》中文或英译及译英字样。稿盒中有一个哥伦比亚大学的封套,背面写了"海上花"三个小字。另有一张小纸条,上有"Sing-song Girls"三个英文字,夹在十数页英文打字稿上。图书馆登记时,清单上以英文写了"英文原稿大概是《海上花》",同时把夹有"Sing-song Girls"小纸条的部分误列成为另一项文稿。直到看到张爱玲以 *The Sing-song Girls of Shanghai* 为《海上花》英译名发表在 1982 年《译丛》上的首两章,才对查证明出这手中的译稿是张爱玲《海上花》的英译,而 Sing-song Girls 原是《海上花》之译名。于是,我赶快致电话给夏志清教授相告,至少一份初期的原稿及一些修改过的章回,仍还存在。他听了曾说希望我们能将稿子早日出版。

一年半后,1999 年 2 月,在我去波士顿参加远东学术年会东亚图书馆年会前,接到夏志清教授来信,再次提到出版张爱玲英译《海上花》之事,嘱我与王德威教授联系,王教授斯时任哥大东亚语文系系主任。在波士顿时,我与一友人谈及夏教授的来信,竟遭友人奚落一番,问我为何要管闲事,为何要帮助出版《海上花》英译本。我总觉得这是将中国文学介绍给西方与国际的好事,是一件值得努力的事。

自波士顿归加州不久,即得王德威教授来电话,说希望南加大图书馆中张爱玲的《海上花》英文稿能由哥大出版社出版。王教授的声音爽朗诚恳，令人直觉是位可信任的学者，我答应去向南加大当局探问意见并将努力促成此项合作，因为我私下认为能将张爱玲遗稿交由哥大出版，是再好不过的事。我也直言告诉王德威教授，张爱玲在南加大的稿子，看来是早期的译作，恐没达到即可付印出版的阶段，王德威教授答不要紧，哥大编辑部和他将会请专家来依张爱玲的风格加以润修的，哥大方面一切由他接洽进行，一切经费均将由他设法解决。

那时南加大对张爱玲遗稿，并没任何出版计划，若无夏志清、王德威两位教授出书的远见与热心，张爱玲的英译《海上花》恐会久躺盒中，久久不得公之于世。虽然早期曾有人说，该稿可用来召开研究张爱玲的学术会议，但年来一无动静，二无下文。我初步探问相关人士，听到的反应中虽没强烈的反对，但对《海上花》英译稿出版的计划似乎并不热烈支援。查看我1999年3月22日的记事本上，曾记载下的反应有"张爱玲本人不一定要（将之）出书"，"稿子不要修改"，"自己可以电脑印出"，等等。我意识到出书之事若不小心进行，半途可能会触礁，踌躇着该如何进行才妥当。我和东亚图书馆馆长交谈多时，他曾说最终决定权在总图书馆馆长兼院长手里。后来我与同事张玉君相谈研究,她觉得我该先向总图书馆馆长兼院长探问商谈。

4月21日,院长首肯南加大图书馆与哥伦比亚大学出版社合作计划,支援出版张爱玲英译《海上花》。我将佳音报告给东岸的夏、王两位教授,王德威教授马上向哥大出版社接洽,嘱立合同,并将于6月去台湾募款。夏志清教授马上写信给香港宋淇夫人,请出出版权转让许可书。之后,我又写信给宋淇夫人,请她把出版权转让给南加大。夏志清教授说王德威太忙,无暇亲自挑选张爱玲不同译改章回的稿件,嘱我自己挑选拼凑六十四章回送哥大出版社。我向南加大图书馆申请了一项研究金(Bardin Research Grant),马上开始准备将来交送哥大出版社出版的稿件,源于南加大、有六十四章回一整套打字的初稿,又有四十章回张爱玲亲笔修改过的打字稿子,另还有不齐全的约四十章回经张修改更多更不同的复印稿,等等。

那六十四章回一整套的稿子,并不是张爱玲译稿中最好的英译稿。我把不同的译稿对照比较,重新选择我认为较好的译章,拼出六十四章回,找人扫描存于光碟,然后送至校外一美国打字公司重新打字。收回打好之稿时,方知这公司竟送到中国大陆由那边将扫描的稿子重新打出,另存新光碟。重新打出的英文稿与新光碟,是南加大寄哥伦比亚大学出版社的稿件。

哥大出版社的出书合同于 1999 年 11 月寄达，半年后，2000 年 5 月南加大才签下合同。早先合同呈给院长，被压多时不见签下来。相催之下，院长找我去说，他有两项建议，定要加入合同中才行。过后，合同被送到校方律师室审阅，等之再三又无下文。我亲自去律师处解释合同之事并相催，请尽量简化核准。5 月，合同方由一位副校长签了字寄回哥大。自双方合同签妥后，王德威教授又得为寻觅高明人士润修稿件及募款而奔波。最终，王德威教授请到香港中文大学翻译研究中心孔慧怡主任担任这项重要的工作，当初即言需费时三年。往后，许许多多细节与繁琐的问题，除与东亚图书馆馆长 Dr. Kenneth Klein 相商外，均是与夏、王两教授及哥大出版社编辑主任 Jennifer Crewe 联系相商的。长长地又等了五年多，书终于出版，而得以公之于世。

张爱玲是第一个着手，一字字，一页页，费尽心血地将吴语《海上花》译成英文和普通话的人。她生前把《海上花》译成英文的志愿，由于夏志清教授的热心帮助，终能如愿以偿。身后，夏志清教授和王德威教授又默默地代张爱玲圆了一个迟圆的梦——把历经沧桑的稿件，费时多年，在张爱玲逝世十周年时终印成书，怎不令人感动与感慨！张爱玲在天有灵，一定在微笑着。

忆丁玲

北京中央民族学院家属宿舍冰心住宅,有轻轻的敲门声,莫非是丁玲到了?开门,果然是丁玲。

一件灰蓝色的上衣,穿在白绸短袖的衬衫外,长裤下面穿着一双黑布镂空布鞋。白衬衫下,还隐约显着一件白汗背心。灰白的发丝,有一小绺悬垂在额前面颊上,笑容满面的脸上,似还有些微倦意。这是丁玲。她大步走进来和冰心握手,冰心温暖真切地招呼着,马上将她请坐在沙发上。两位个性不同、外形不同的女作家,手握着手交谈起来了。

"我的身体不好,吃糖有糖排到肾中;吃蛋白质,蛋白质也排到肾中。我的糖尿病,医生也没法了。"丁玲的脸显得较以前胖一点,也许竟只是虚胖。她又说:"陈明开了刀,还住在医院,他以前割过盲肠。"

冰心指着我介绍说:"她和刘年玲都是我们从前朋友的女儿,在美国见过你,一起过的圣诞。"我接着说:"您离美国前说过,叫我到北京找您,所以我就想看看您。"丁玲马上回道:"我记得,你是画画的,你先生是搞管理的……你的房子可真大。"她又转向冰心说:"她的房子可比你这里的好,中国的房子没有壁橱,没地方放箱子和不用的东西,美国的房子确实比这里好。"我听了心中有点感到意外,其实我家住的是个老房子,宽敞一些而已。

我和丁玲、陈明第一次会面,是在美国南加州 1981 年圣诞节那天晚上。那年丁玲、陈明应邀赴美,到南加州住在我同校的一位张教授家。张教授那年邀我暑期去他所在的系开一门有关中国画的课,外子想会见一下张教授,就建议请张教授夫妇来参加我们在平安夜为留学生举办的圣诞节晚餐会。后来张教授说丁玲、陈明要来,为了他们能一起参加,我们就把晚餐会改到了圣诞节。

圣诞节那天,丁玲、陈明两位由张氏夫妇陪同游迪士尼乐园后,近晚时分来到我家。客厅中已是人头攒动,有中国台湾、香港、印尼、印度等地来的留学生,也有美国教授等等。丁玲、陈明两位远道而来的客人,自然成为晚餐会的贵宾。我们请丁玲、陈明领先开始吃自助餐,餐后请丁玲切蛋糕。之后有同学表演,陈明也唱了一曲歌,是《义勇军

丁玲、陈明圣诞节在浦丽琳(心笛)家唱《义勇军进行曲》

进行曲》，不少人也跟着他唱起这首歌来。丁玲、陈明两位平易近人，和大家亲切交谈，为那时还不甚开放的中国，做了一次成功的外交。那晚，大家都极高兴能和这一对中国贵宾共度圣诞节。

临走时，丁玲对我说："你如去北京，就来找我。"

我记住了丁玲的话。到了北京，冰心替我打了电话约她，于是便有了此次见面。

这时，陈恕拿照相机照起相来，两位中国的知名老作家聚在一起，确实是珍贵不凡的镜头。我当时在场，都为那个场合感到幸然。

陈恕先为两老照相，而后示意我坐在丁玲身边的沙发上一同照。我感到有点儿凑上去的味儿，但丁玲、冰心却毫不在意，招呼着让我和她们一起照。

冰心、丁玲的手始终握在一起，友善地坐着聊天。我在旁边聆听。

丁玲拿出两本书，一本送给冰心，一本送给我。我们于是请她在书上签名。

陪丁玲来的女秘书，只有三十多岁，短发，显得非常利落。丁玲说："我不是要当作家，不是搞文学的；要是想当作家，我可受不了。"女秘书向我介绍丁玲说："她的腿是肿的，积水。"我不禁为她的健康感到担忧。

浦丽琳(心笛)与丁玲(中)、陈明(左)合影于1984年

"我都八十岁了。"丁玲说。其实,丁玲的脸上并没有八十岁"山河"的形影,看上去只不过六十多岁的样子,只是不似在美国时结实健康。

谈了差不多半小时,丁玲站起来向冰心说:"我以为是外国人,你说从美国来的,早知道我可请她到我家去。"她转向我问我:"你愿意去我家吗?"我忙说:"当然愿意。"

"你打电话来。"她握着我的手不放,她的手热热的,一股热气。坐在那边的冰心,是静静的。陈恕又拿起照相机照相。

丁玲到冰心家后不过数日,即来电话邀我去她家吃晚饭。我和中学好友吴希如大夫就毫不客气地去了。

那真是一个难忘的夜晚。

丁玲和陈明的家,布置得比冰心家要讲究,形式比较西方,客厅里有白纱窗帘,有丁玲的油画像和她的石膏像。晚饭也很丰富,有鱼虾、汽锅鸡等,还有酒。

丁玲豪放热情,拉着我的手照了些相片。陈明处处显示出是位体贴妻子的好先生,他俩的爱情感人,也令人敬佩。我和希如在他们家过了一个极其愉快的夜晚,至今记忆犹新。

后来丁玲办一个杂志《中国》,向我约稿,我特把我写的一首新诗《长城》寄去,其中有些当时尚属禁区的字句。我暗想不知能不能刊出,后来那《长城》居然原文登了出来,可见丁玲是非常有魄力有胆量、令人起敬的创刊人。

浦丽琳(心笛)与吴希如(左)在丁玲(中)家合影

满脸忧郁的诗人卞之琳

　　卞之琳在 20 世纪 80 年代初期，曾应邀到美国访问。在波士顿停留时，他看到我的《心笛集》，到达洛杉矶南加州大学后，卞先生向接待他的教授表示希望见到我。我当然去听了他在南加大的讲演。那晚我特地又老远开车去接待他的教授家里聚餐。寡言少语的卞之琳先生，体态单薄，一副读书人的模样。

　　当我的《贝壳》诗集由台北的时报文化出版社出版后，我寄呈了一册给卞先生，他来信鼓励说："各诗拜读了，觉得清新婉约，没有受时下美国一些标奇立异或故弄玄虚的诗风污染，富有我国词境而又不是陈腔滥调，实在可喜。"他认为："诗是读（念）的，不是哼（诵）或看的，文字最好接近口语，标点最好加上。"

　　1984 年暑假，我应邀去北京干妈冰心家小住，有一日，我约了我的好友、吴有训的女儿吴希如大夫陪我去寻访卞之琳先生。我告诉冰心干妈，我要去寻访诗人卞之琳，问

浦丽琳(心笛)拜访卞之琳时合影

干妈认不认识他。干妈想了想，说他是一个"满脸忧郁的诗人"。知他喜食蛋糕，我们先搭车去友谊商店买了一只蛋糕，再和吴希如搭了公共汽车，穿过大街小巷，找寻门牌号码。找寻巷名和门牌时，灰灰的天空突然下起细细的小雨，有小贩在巷内高声叫卖梨，我体会到北京小巷中的风味，趁兴想买几只梨带去，希如说送这梨恐并不好，我还是要了几只，只几毛钱。摸索着摸索着，我们竟找到他住的大楼，他竟也在家，我们好不高兴。看到他，真如干妈所言"满脸忧郁"。卞先生家里摆设着一些古色古香、有欧洲风味雕刻的庞大木家具，和一般人家的家具相异。他的满脸忧郁，像灰灰沉沉的天空，真叫我一直有点儿为他担心呢。

1984 年，大弟大邦积劳成疾，不幸去世，卞之琳先生得知后还写信安慰我："读悉令弟物理学教授不幸去世，不胜惋惜，手足情深，自可理解，只盼节哀，善自珍摄，仍以继续进行有意义的写作。"还念叨着前一年夏天我登门拜访的情景，鼓励我多写写诗，借以遣悲怀。

白花雨中哀巨笛

——悼念辛笛先生

　　白色的花瓣凄凄地落下来,像落着白色的花雨,红砖上、水泥地上、绿草上全是白花瓣。即使没有微风,花瓣儿仍是徐徐飘落,再也无力站在墨色的树梢上。这铺了满地的细细小小似心形的白花瓣,似乎也在哀思悼念1月里离去的黄浦江头的巨笛——中国的著名诗人辛笛先生。

　　辛笛诗人原名王馨迪,是20世纪40年代就成名的诗人,为"九叶诗派"诗人。他的爱妻徐文绮女士于2003年9月30日仙逝,百日后,2004年1月8日,辛笛先生也匆匆离去,似急急地去追赶他初恋时心目中的"蝴蝶"——他的爱妻,他们曾相偕相依过着似仙侣般共患难、共安乐、共诗文的日子。

　　辛笛的诗,含蓄隽永,典雅清新,以"蕴藉婉约"著称于世,融中国古典诗词之意境与严谨体裁,及西方诗歌意象与艺术于一炉。凝练的诗句,独特的语言与风格,一一显出他深湛的中西文学修养。

1912年出生于天津举人家庭的王辛笛，原籍江苏淮安，幼年五岁起读私塾，九岁学英文，自清华大学外文系毕业后，曾赴英国爱丁堡大学研究西洋文学，曾与名诗人艾略特、史本德等相过从。后曾任上海暨南、光华两大学教授。

回想与辛笛先生诗家前辈相识，可说是源于笔名。当年我若没选"心笛"两字做笔名，而选了"笛心"两字的话，恐就无缘与他相识了。

1981年，旅美的名学者周策纵教授有意出一本《海外新诗钞》，嘱我将纽约白马社时写的诗寄给他，和我通起信来。那年他正在香港中文大学客座一年。周教授于1981年12月30日给我的信中说："前几天在中文大学召开了一次中国现代文学研讨会，讨论四十年代文学。大陆作家十四人参加……我遇到上海来的诗人王辛笛，和他谈起你，他说他早年有一个时期用的笔名正是'心笛'。"我记得王辛笛先生的清华同学卓牟来先生也曾提起过，说在清华时一位同学写诗似曾用与我同样的"心笛"笔名。

不久后，我竟收到辛笛先生亲自题词签名送给我的诗集，好像是托周策纵教授或是叶维廉教授带来美国再由我同校的张错教授转来的。我真是意外地深觉感动！一位著名的诗人，竟会毫无架子地如此善待一个无名的晚辈。他一定是一位可敬可佩的长者，仁慈而豁达。

1983年夏，我和女儿凌丹参加了一个去中国观光的旅游团。抵达上海那天，我试着要求中国方面的"领队"为我探听诗人王辛笛先生的电话与地址，示意我想去拜访这位黄浦江旁的诗人。意外地，领队很快通知我，当晚七时我可去诗人南京西路的家。那年头，上海的食物店需要粮票才能买点心食品。我看到卖绿豆饼的小食店，进去想买一块小饼却空手而出，因为我不持粮票而被拒。友谊商店则还没被安排前往，因之，我与女儿空了手搭乘公共汽车去南京西路。上海街上的人十分冷漠，当我们问路的方向时，他们瞪着白眼，理都不理，不予指点，但我们终摸索着找到了诗人的楼寓。那一带的大楼，很似纽约市或伦敦的坚固大建筑物，相当雄壮，显得黯淡的外表遮不住当年曾有的辉煌。

在洋溢诗香书香的二楼公寓里，我和女儿同时感到上海原不是那么冷漠的城市，前辈诗家王辛笛先生敦厚热诚的态度、开朗和蔼的笑声，扫去了我们在街头问路时所得的不良印象，而开始觉得上海因有王辛笛诗人而美丽温暖起来。中国儒家与西洋雅典的风度与文化，在诗人的举止言行中显示出来。那时辛笛夫人正值在美国探亲，我们见到辛笛美丽的儿媳及才华出众的幼女王圣思教授,还有满屋满墙的书。我忘不了他们以置有波罗蜜的冰淇淋招待我们,辛笛先生又取了多本那时大陆年轻诗人的作品送给我,包括舒婷、白桦等的诗册。

往后,辛笛先生曾写了一首《心笛—辛笛—新笛》为名的诗,亲笔抄写了送给我,并在大陆的《诗歌报》上发表。诗中有"谁曾料到当年的我写诗,却何其如此像今天的你",诗尾为"但愿共同以新的风格,吹奏起悠扬的新笛"。这位前辈诗人,是何等仁慈慷慨地来鼓励晚辈!每当他的新书出版,他总不忘赐赠一册给我。迢迢万里外的诗情盛意,使上海变成了有诗香温馨的城市,因为辛笛诗人在那儿。

辛笛著有《珠贝集》《手掌集》《辛笛诗稿》《印象·花束》《王辛笛诗集》《王辛笛短诗选》,旧体诗集《听水吟集》,诗合集《九叶集》,散文集《夜读书记》《婗嬛偶拾》《梦余随笔》等,并主编《20 世纪中国新诗辞典》,校译狄更斯长篇小说《尼古拉斯·尼克尔贝》等。《手掌集》是他的代表作,除新诗外,他也擅长旧体诗、散文及翻译。

辛笛的诗,有"气氛的掌握"及"抒情的声音",令人读之再三仍感余味无穷,如《秋天的下午》:

阳光是一幅幅裂帛

玻璃上映着寒白远江

那纤纤的

昆虫的脚

又该黏起了多少寒冷

——年光之渐去

又如《航》：

帆起了

向落日的去处

明净与古老

风帆吻着暗色的水

······

从日到夜

从夜到日

我们航不出这圆圈

后一个圆

前一个圆

一个永恒

而无涯涘的圆圈

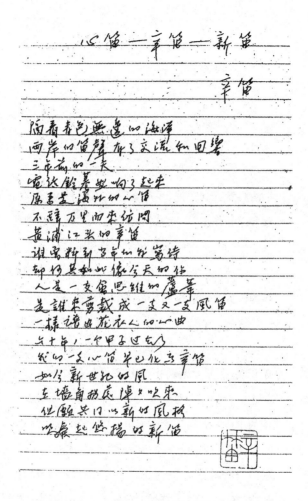

心笛—辛笛—新笛

辛笛

隔着春色无边的海洋
两岸的笛声作了交流和回响
三月荔的一天
窗外歌声突响了起来
原来是海外的心笛
不远万里而来访问
黄浦江头的辛笛
谁要对新老辛笛如此苛待
却何其如此像今天的你
人是一支笛思维如芦苇
是谁来剪裁成一支又一支风笛
一样谱出荡永人的心曲
六十年，一个甲子过去了
我们一支心笛早已化为辛笛
如今新世纪的风
在墙角拂底悠悠吹来
但愿共同以新的风格
吹奏起悠扬的新笛

辛笛写给浦丽琳(心笛)的《心笛—辛笛—新笛》

......

将生命的茫茫

脱卸与茫茫的烟水

　　余光中曾论析辛笛的创作技巧，说辛笛诗有"独创的意象"，"富有抽象美"，深受西洋作品影响，也受中国古典诗词的影响。叶维廉自述，辛笛的诗曾给予他诗创作上最早的启发，他曾"把《手掌集》找到，又抄又读，有了某种潜移默化的作用"。而辛笛自认他从事新诗的创作，与他在清华大学时的老师叶公超的教益和影响有关。

　　在抗战时期的上海，辛笛夫妇曾为保护文化古物而冒险为国家存藏数十箱的古籍书于顶楼室中，以免被日人盗毁或流失，至胜利后全数运交北平图书馆。往后曾将全部积蓄十五万美元，捐给国家。其后，"文革"时，辛笛先生身无余文，适爱女圣珊将于中秋节左右被下放去贵州，为了要省下七分钱电车费来买一只小月饼给女儿送行，他从外滩的单位步行了三小时回家。如此辛酸慈父心！

　　上海华东师范大学出版社 2003 年出版的《智慧是用水写成的——辛笛传》(王圣思著)一书中，处处可看到诗人豁达的心胸、高洁的品格与博爱的精神。辛笛的原则是："做人第一，写诗第二。"他不为写诗而写诗，他是有感而写诗，因之也有沉默的时期而不写新诗。我在海外所遇到的名诗人中,辛笛先生是最最和善的谦谦君子,总是笑容满面,令人如沐春风,一点点架子和傲气都没有。80年代中期,我们曾多次与辛笛夫妇见面,有时是由他们公子圣群伉俪陪着,有时是女公子圣珊伉俪陪着。辛笛尊称我父亲为师长,旧诗集《听水吟集》第91页上的诗云"依稀水木景长春,异国重逢分外亲。灯火一堂同笑语……",即记载那时的相聚。

《听着小夜曲离去》是辛笛的一首未刊稿,在他离去后自他笔记本中飘落出来,似乎意味着遗言:

走了,在我似乎并不可怕
卧在花丛里
静静地听着小夜曲睡去
但是,我对于生命还是
有过多的爱恋
一切于我都是那么可亲
可念
人间的哀乐都是那么可怀
为此,我就终于舍不开离去

回想辛笛夫妇1986年在美国南加州居住了较长一段时间,

回到上海后似乎就没再来南加州了。每年,我们都通音信,并会收到辛笛先生和夫人的相片,背景是堆书如山的客厅。他们文采出众的幼女公子偕婿,多年来日夜照顾他们夫妇的生活起居,为他们读书读报,无微不至地孝顺侍奉他们,他们真是有福的诗人夫妇,可称为福寿全归了。自夫人仙逝后,辛笛先生变得沉默寡言,茶饭不思,健康受损,爱妻逝后百日辛笛先生即"飘然而去",凄美得像一首歌、一首诗,令人听了深感悲痛、哀伤。

我曾称辛笛先生为黄浦江头的"巨笛",我是海外的"小笛"。如今"巨笛"离去了,上海市似乎变成一座不复温馨的"空空"的城市了,但巨笛隽永的诗句,将在海内外永远地奏起。我呆呆地看着南加大校园东亚图书馆旁落得满地的白花瓣,想着上海"空"了的城市,我心沉沉。

上海福寿园中,辛笛夫妇的骨灰安置处,书碑上刻着《航》里的诗句——"将生命的茫茫/脱卸与茫茫的烟水"。辛笛先生的另一首未刊稿,似他自墓地发出的声音:

永远和时间同在

每到清明

多谢每一位前来

为我扫墓的人

带来花环的一片深情

王辛笛夫妇与浦薛凤(中)、浦丽琳(心笛,右二)、杨超凡(右一)合影

看,青青墓上草啊

那是因为我的生命

已经融入这方土壤中

永远和时间同在

你没有听到我轻微的召唤么

请你轻轻地放下每一个脚步

我不知你会惊动了谁

那就是我以虔诚渴望的眼睛

在迎接你的到来

今天过去了

但愿你明年能照旧再来

墓碑上刻有我和老伴

和我们子女的名字

我们俩并不寂寞

在晨风中我们唱起与子偕老之歌

　　辛笛先生殁于1月8日,我父亲殁于7年前的1月7日,因此,我会永远记得这两个日子,每到清明,我会思念起我的双亲,也会思念起辛笛诗人与夫人。我会轻轻地放下每一个脚步,以我的思念做成花环,逍遥地在晨风中告诉你们,你们永远和时间同在。

海外情思

窗外山

从窗内望出去,山,有时近极了,有时却又好像很远。有时是一片青翠,有时是一片神奇。它,有时是一幅印象派的绘画,有时却像一大堆刻了古文奇形怪状的大石印,倔强地呆立在天空下,散发着一股正气。

山,窗外的山,由青变成棕黄,变成古铜,变成浅紫,变成灰蓝,变成浓浓的黑影……似乎永远在变化着。

有些晴天丽日的清晨,山腰山顶,斜插着似云非云似雾非雾的飞白片片,是再好的画家也画不出来的妙景。仅只匆匆看一眼,就能洗涤胸怀,叫人如饮甘露后而觉察到这世界究竟是美好的,人活着是值得的。有些日正当空的时光,山也会突然显得秃秃平凡,石泥野丛纵横得一点也不起眼,一副大智若愚的神态。傍晚日落光景,山坡被映照得红紫片片,像童话里的仙境,叫人禁不住张口凝视。无星月的夜里,山像个隐士,隐没在黑暗中;但我知道,山存在着,它将在明晨的窗口重新出现。

搬来山下住,已四年余。山成了我最忠诚的友人。在不同的季节,不同的时辰,不同的心情下,它给予我不同的支持与启示。从山那儿,我吸到天地间的一股正气,感觉到一阵阵的灵气向我扑来;一种力量,来自天地的力量,来自天地的支持,从山那儿,迎面而来。看!坚立不动,永站在那儿,任天寒地冷,任天下大乱,山都能视而不避,沉默而不屈。

由青变黄,由紫变黑,山的形象在不同的光影中变化着。而山,又何曾将自己的本质变过?土石做成的山,静观天下,充满坚定的力量。皮肉做成的人,非得向山学习。

没穿鞋的脚

　　近几天的雨，无边无际地下着，灰蒙蒙一片，使白天变得一如暗沉沉的黄昏。夜半，有时大雨猛击，似千万马蹄，打在屋顶的砖上，令人心惊。听着雨声，看到雨丝风片，我的心就自责起来，眼前就看到一双没鞋子穿的脚，在雨街上摇晃着，摇晃着。

　　那灰衣女子没穿鞋子的双脚，突在我视线内出现，是当我随红绿灯的转变，刚刚走到街正中心的当儿。那天下雨，路人们撑着伞，快速地抢着过湿滑的好莱坞的日落大道，而一双动也不动没穿鞋子的脚，却在雨地上映入我的眼界。举目而看，是一个披着灰色大披肩的女子，四十左右的年纪，面无表情地站在街头红绿灯杆下，一动也不动，像个休止符，缀在雨丝摇曳、路人避雨的动态中。

　　"大冷天没穿鞋，走在雨街上，会着凉生病啊！"这是我心中爆出的第一个反应。细看她神色泰然，一点也显示不出脚踩湿脏街道的不适或不安，她的心思似乎并不在这南加州一月寒意凛人的街上,而好似萦绕在另一个看不见的世界中。雨点任是下得多大,也惊不起她一丝一毫。等我跨完了过街的大步子,安全抵达对面街人行道上时,还没立定足,那灰衣女就转身朝右,推着身前的铅丝购物车,慢慢过街去。那超级市场的购物车中,安置着三五个塑胶袋包包,鼓鼓的,定是她的衣物。车上头挂盖了五六条毛巾,白中泛灰泛脏,被雨浸得湿淋淋的,一如她湿淋淋的卷长的棕色发丝。啊!她大概是个街头流浪无家可归的人吧!

我不知道该追上去,问她要不要什么帮助,还是告诉她不穿鞋在雨水横流的脏街上走,是会着凉生病的。我看她不卑不亢,直直挺着背向前缓行,有一种不可侵犯的尊严。我该给她一点钱吗?可惜我没有一双合她尺寸的新鞋子能在此刻追上去送给她穿。立在雨中半刻,我急跨进街口的凯撒医院的门,向守门的男子问:"看到没有?那个女子没穿鞋在雨街上走,会生病的,怎么办?怎么办?"守门人将朝外看的双目收回,平淡地对我说:"她常在这儿出现,有时人家想给她钱,她都拒而不收,我看你也无法为她做什么。""她是个无家可归的人吗?"我多此一举地问着,看门人点点头。

这时,灰衣女已走到半街。我又冲到街边,突看到她的脚踝上长着几粒黑色的疮。灰呢质料的披肩,式样简单大方,并不脏旧,好似来自上等的百货公司。一下子,她拐了个弯,用她没穿鞋子的双脚,一步又一步地,无畏无缩地,在凉冷湿泞的街上,向前行着。

她是朝着何处走呢?她知道她要去的地方吗?她将栖于何处?今晚会有安全的地方容她暂歇吗?这么一个面目善良的女子,在这么富有的国家里,也会无助地沦落街头!路人们都忙着赶路,我这异地来的人能为她做什么呢?该追上去试放一点钱在她车中?不,这会伤害她的自尊的。我要赶回去上班,我也没时间管闲事。迟疑在雨中伞下,眼看绿灯又变红,那女子的身影消失在对街巷口边。

洛杉矶市内,无家可归的街头流浪人,数以千计。晚上,有些睡在街角大纸盒中,或是公路天桥的墙角。白天,有人举着纸牌子,站在公路出口处,乞求过路人的赐施和帮助。不同的背景,不同的原因,不同的辛酸故事,迫使这些不幸者流落街头,无处为家。当然,其中有些是不务正业、嗜酒吸毒而不能自拔的人,但许许多多的人却是由社会的破缝裂口中流落街头:有的是被人欺骗或生了大病弄得一文不名而被扫地出门,有的是精神不甚健全而被放到街头自生自灭,有的是受了打击而落魄的,有的是外地来寻找工作不得而金尽的,有的是失业久而失去住所的。这灰衣的女子,衣着不似久住街头一般所见的无家人破旧脏乱,她一定是不久前才流落街头的。她不肯收路人的施予,她不习惯取别人的钱,她是如何地要自立自尊!我开始猜,为何她会流落街头呢?也许是她生了大病破产无助?是经济不景气而长期失业,以致失去住所?是她被人欺骗而流离失所?形单影只的她,此刻,是真正的孤独者。她小时候,不也一如你我,在父母艰辛爱护下瞧着长大成人?如今,她却在街头流浪,她的家人全无了吗?这文明的社会,多变的社会,紧张而有时野蛮的社会,只看钱钞的社会,是有着多少的病缺与裂缝。人人紧张忙碌着,都没时间顾到摔倒的不幸者。文明社会的弊病与不幸,随时能扑向无辜无助的人。今天雨街上没鞋子穿的,是这灰衣的女子,她不代表着无数摔倒跌跤的人吗?我和你,又怎能保定不会摔跤呢?这一双行在雨街上没穿鞋子的脚,可能是你的或是我的呢!

我自责起来,在驶回办公室的公路上。为何我没勇气追上前试问能否相助?和路人一样,我怎竟变成文明大都市中人一般的冷漠?这个刚流落街头的女子,也许是较易相救的。人与人之间的关切,到哪儿去了?

雨,连日下个不停,坐在家中炉火边,或驶于雨中高速公路时，我惦记着那没鞋的灰衣女。不知她今起何处栖歇？脚上有没有穿上鞋子？雨街上不时浮起那双没穿鞋子的脚，不畏不缩地，朝前一步步走着。我的心板上，被这雨中没穿鞋子的脚，踏出十分不和谐的声响。

都市缘

　　我喜欢大都市,也讨厌大都市;希望离大都市近,也希望离大都市远:这种矛盾的心理,也许和许多人类似。年轻的时候,曾被大都市的五光十色吸引着,中年时就起了逃往郊区的念头,对大都市的杂、闹、挤、脏开始厌恶起来,恨不得能遗世而立,不食人间烟火呢!可是大都市里虽是垃圾满墙角,仍拥有着许多宝藏,是我们生活中缺了会感贫乏的。

　　也许是命中注定,与大都市有缘,这大半辈子,没经我自己选择,大部分都是在大都市过的,从亚洲到美洲。爱恨交加,可以用来形容我对大都市中生活经验的感觉。我爱大都市里的画展和艺术馆,音乐会与芭蕾舞,文化气息,形形色色的人,商店和街道。大都市好似一个杂乱的百宝箱,藏着文明的渣渣,也藏着奇异发亮的宝石任人探寻,予人们滋养和奋进。

　　北京是我的出生地,第一个和我有缘的大都市,小时北京的模样早已模糊，但好似是个文化教养高的地方，往日常听母亲说那儿的老百姓如何诚实有礼，即使是没受教育的，都多少受到儒家道义的熏陶，待人和气可靠。20世纪80年代初期，也就是中国的"文革"后，去重访出生地，像女儿回访娘家，对那儿马上洋溢着满怀的亲切感，尤其是那儿住着我心灵中极其亲切的人。北京的胡同和街道，已使我感到陌生，我随着朋友，细雨中在泥泞的胡同里寻找一位年高的前辈诗人的住所。爬上高楼，看到一位忧郁满面的诗人。他，前些时，在公共汽车上被人挤推跌落在街头。第二天，北海门前，一个卖莲蓬的小贩喝向我："没钱别碰！三毛五分一把！"当时，我所感到的北京，不再是一个厚道有礼貌的城市，北京变了，彻彻底底地变了。虽然后来才知道那是不幸的中国"文革"带来的损失，百废待兴，还需要长时间恢复元气，但我还是对北京有一种特殊的深情。但进入新世纪，我再接触我那久违故乡的文化人，我感觉又回到了那魂牵梦萦的老北京。

上海、南京，也是我曾住过的大都市，住上海的时间太短，而且我太年幼，对那城没有多少印象。记忆中的南京，是美丽的玄武湖和那时大学生们的反饥饿运动，以及火车站难民日增的形象。80年代初期所看到的上海，是个灰色的城，满街满店都挤满着沙丁鱼般的人群；南京，有着高大美丽法桐树的大街,但玄武湖早失去了往年的妩媚。两个大都市也都改变了不少,都默默地接受着变更。但是今天我在国外看到大都市上海,那可真是人间的美景了。我也很想再去亲眼看看南京,看看上海。

初搬到台北的时候,台北是个多花树草木的清静大城市。如今的台北,高楼此起彼立,满街是车,满街是人,满城是金钱气息,经济的繁荣把原来的台北暴胀变形。1986年在台数日,一位认识的人告诉我:"穿过的衣物,在台北是没人要的,不像美国。"台北的美食艺术,已登峰造极。人情味仍浓得依旧;今天的台北是还保留着许多传统固有的美德与习惯的大城市。

纽约市,是我住得比任何中国城市还久的大都市,我曾在那儿读书、工作,我曾热爱着纽约的一切,除了那叫人难以忍受的地下铁。记得那宽宽的第五大道上,有古色古香的大教堂、一流商店的橱窗和穿着高雅、举止优美的女郎。前几年重访纽约市前,就听说纽约市的地下铁有流氓横行,计程车夫乱要价,整个城市变脏变乱……果然,第五大道上的行人多数着牛仔裤,举止缺乏优雅而近于粗鲁。格林维区失去了当年的纯朴,而成了商业化的区。倒是在排队想看法国印象派大师德加(Degas)画展的艺术馆前,我遇到大都市里的奇遇,和善心陌生人给予的人间温暖。

是离开纽约的前夕，我搭了公共汽车去试试运气，想买当晚画展的入场券。排队的人，多数是等着买隔数日或数周后的预售票。当我等了四十来分钟接近入口处的当儿，仍然不知是否还有当日的剩余票出售；我在死心眼地试着排队等候。突然，一位女子高声叫着："谁要现在入场看画展？我有一张票！"我举起手示意，她和善地把票交入我手中，说"尽情享受吧！"，也不肯收我的钱。排队在我前面曾与我谈论这画展的一位白发画家，也为我这加州的来客高兴。只有在纽约市，才会有这种事发生。这么难得有的画展，这么奇巧的运气，发生在我离纽约的前夕！大都市再多冷酷，还是有着善心的居民。记得约卅年前，我搭错了地下铁，提了个箱子在街上等车，一位素不相识的女士停了车，将我载送。

新加坡也是我曾居住的地方。廿多年前它是个棕黄色的城市与国家。廿多年后，它是个绿色美丽的一如大型植物园的地方。居民都归功于政府的德政使城市美化，使国家美化。那儿的政府鼓励人民种树，不鼓励人民斗争。后来我去新加坡重访，看到街上人民丰衣富食、朝气勃勃时，内心为华人感到一股高兴。在所有变化的大都市中，新加坡是壮丽的变化，向前平衡的变化，震撼我最深的变化。

廿年来,我住在洛杉矶市旁,每天开车进城工作,仍然和大都市的生活编织在一起,仍然摆脱不了和大都市结的缘。城中的高楼大厦一年年增建,车辆一日日增多。公路和街道,时常阻塞不通;犯罪的案件,日出不鲜。加上污染的空气,数以百计的无家可归的街头人,使这经济发展的大都市愈变愈杂。美与丑,生机与毁灭,进步与堕落,天天在这大都市中并存着。

文明的发展也许就是大都市的发展,文明的变化也形成大都市的变化,永远在变化中的大都市,都各有它的性格与特征,北京、上海、南京、台北、纽约、新加坡、洛杉矶,一一在历史的潮汐中变化着。有一朝,我若躲到深山隐居,也会用望远镜张望,因为和都市的缘,是早在三生前注定的。

高速公路

　　这是一条我经常走的路，习惯走的路，一条熟悉而又生疏似的路，差不多我天天从这路上来回，并不是因为这路两边有奇树异景给我特别的吸引，走这路，并非是我自己的选择，而是一种必要。

　　这是一条上班下班经过的公路，我生命的一部分，就花在这路程上。每天清晨，我带着最清醒的头脑踏上路途；傍晚，拖着疲倦的心，走上归程。一年三百六十五天，十年三千六百多天，我在这路上来回地走，已不下四千多趟了。

　　虽然是铺着柏油、平平滑滑的自由公路，却也不是太容易行走。拥挤的当儿，寸步难移，没人能让开让你朝前赶去；不挤的时候，车辆们你抢我夺地争先恐后，把人性的坏处表现出来。这路，像人生中任何一条非走不可的路一样，充满着危险和风霜，在下雨下雪的日子里，霸主轮盘，认清方向，都有重重的困碍。

和我同路的人们，多半也是赶着去工作的，每一个铁盒似的车辆中，坐着一个或两个人，走在同一条路上，向着不同的目的地驶去。车辆的钢铁玻璃，冷冷地把人封闭在小小的世界中，好似武装了的一个个世界，每个人的思潮，像绕紧了的绒线球，谁也瞧不出球心的一切。

　　谁有时间去看路边的树？看野草欺辱着梧桐？谁能停下凝视晨曦的光彩在细碎的树叶下叠散交错？远处的山在发光的朝云中透出轮廓，也燃着一丝阳光的闪耀。我有时从窗口望望天，却没法突然停下，把这公路上的景物看个痛快。这是高速公路，匆匆地来，匆匆地去，不容许悠闲的心看四处的景，当前面的车辆红灯闪亮时我必得惊醒慢行；后头的喇叭，吼响起催促时，就得加速或让开。走这段路，有意想不到的停顿和烦忧，像人生的路一样，令你把心、耳、眼全部从天空远处收回，必得贯注在地面上。

　　今天我又孤独地走上这拥挤而熟悉的路，花出我生命中的一部分时间，在上班和下班的车流里，我看到工业化社会中人的间隔、困囚和无奈，我们驾着车子，生活方式驾着我们，来回地驶在这有限的公路上，高速地。

太阳旗与九头鸟

冬季运动会开幕典礼时,一面红点白底,大大的太阳旗,在乐声中,威风凛凛地升起。我在电视中瞧着,那飘动的旗,代表下一届的冬运会,将在日本举行。日本,这曾是野蛮侵略者的国家,在第二次世界大战战败后,已从废墟中重新站起来。它的经济建设,已使它跨入世界强国之列,举世刮目相看。

飘着,飘着,电视中的太阳旗,渐渐地刺目惊心,那白布底子上的大红圆点,越来越像血红的血,化成无数只血红的九头鸟,向我啄扑而来。

童年,照理应是人生中最安详美丽的一段时期。是初春嫩苗抽芽生长的一段季节,是小小心灵探看这世界、学习适应的开始。而这血红大圆点的太阳旗及太阳旗里的九头鸟,早把我的童年岁月啄碎,啄破。

童年的岁月里,我没有安全的家,没有相仿年龄同出同进的小朋友,没有任我蹦跳自由走路的街道,没有阳光温馨的季节。有的是搬来搬去的迁移,生疏学校里陌生同学的脸,日本军靴咯咯发响的街道以及四周都是愁容的季节。

那是日本人侵略中国,在中国土地上横行无法的时期。中华的土地上被插满了红点儿白底的太阳旗。城市被炸毁,乡村被烧,老百姓被奸杀。刺刀、枪、狼狗、皮靴是太阳旗带到每一个角落的标记。苦难,充满着全中国。

童年的记忆,不是洋娃娃、玩具,也不是鲜花、海滩、草原;而是逃难,是恐惧,是一群群无辜的同胞被麻绳捆着,被押着在大街上走,押进飘着太阳旗的宪兵署,那儿有凶恶的狼狗和横肉满脸的东洋兵。

童年的岁月里,家人东分西散,父亲逃离到大后方,母亲带着我们在沦陷区艰苦地过日子。我们的家,那时是单亲的家。我们的童年,变成不完整的童年。四周散布着恐怖的眼神;恐怖,不是个健康人生的种子。

在那一段岁月里,无数人家吃不饱肚子。西瓜皮当菜吃,窝窝头当饭。乡下人,有时穷得卖孩子。童年仅有的欢乐,是母亲的声音、手足的相聚,还有唐诗与古文中美丽的词句。

童年的岁月,是中国受难的岁月,是幼小心灵充满恐惧的岁月,也是中国元气大伤的岁月。童年时最触目惊心的,就是红点白底的太阳旗。它,那时代表着无耻与罪恶。

　　人类,似乎永远不会向历史学习,永远使世界上许多角落有战争,无安宁。不同的旗帜,飞出不同的九头鸟,毒恶地啄毁无辜者的童年岁月。一如半世纪前的太阳旗,永远使我触目惊心,永远带着南京大屠杀的血腥气!

树干，像中年人

　　停车场里的几棵树，令我驻足观赏已有多年了。每天上班，经过拥挤的高速公路，穿过大街，拐进校园后，总禁不住朝着这几棵树松口气，大大地欣赏一番。公路上的车辆，一排排像铁香烟盒子，冷冷地移动着，你抢我夺地争先恐后，把整个路程都弄得紧张难行。这几棵树，静立在铺着水泥的停车场旁，竟是如此超逸又与世无争的模样。高高瘦瘦的干，虽这儿那儿弯曲着，终还是直直地向上长去，枝头的叶，疏疏密密，似国画中大米小米的墨点，布散得恰有风味。不论是朝阳温暖的蓝空下，或是雨季迷蒙的寒风里，树叶的姿韵，都是美的。叶子呈黄时，衬着泛出白色的干，更是醉人心目。到十二月时，叶儿落尽，细细的枝，穿插在高空处，也有书法中妙笔的神韵。我常常会抬着头，凝望许久，呆呆地舍不得离开，心中一片宁静。

　　近几年来，这几棵树的树干却引起了我的注意。干上干裂着的树皮和纹路，使我吃惊地感到震撼。树，无声的树,竟也是历经千辛万苦才能成长的啊!在生长的过程中,最挨受苦痛的,莫非树的干子了。树一分分地长大,干子就得长宽,干子外边的皮就得破裂,容忍成长的苦痛。风霜雨雪,又岂止是人们生活中必得忍受的,树干就得赤裸裸地迎接一切。看树干上斑斑落落的伤痕,被锯去枝的疤,被虫蚁咬嚼的孔。树干,像中年人,它必得扶连着根,撑托起年轻的枝叶。它不能让年老的根孤独地埋在泥中,它不能不把滋养传送到枝叶。干子,在当中,干子得站定在固有的岗位上。就是驼了背,曲了肩,也得向上撑立着。树干上呈显着生的苦痛,生的挣扎,生的力量。树纹雕在树干上,是自然和生命的雕刻品,是苦痛和美的图案。细看着树干,我的心中有着说不出的怜惜和敬意。树干,全不为自己,为的是枝头的叶、人间的绿,沉默地生,沉默地忍,沉默地让年岁在自己的躯肤上雕刻下苦痛的疤痕。

如果没有树

如果没有树,这世界将成什么样子?

如果没有树,地平线上将变得平庸无奇,竖立的只有钢骨水泥,高楼大厦,灰灰沉沉,方方板板,一片枯干的工业商业气。

如果没有树,山会失去所有的秀气,即使山上有野花草丛,没有古木冲天,没有绿荫托衬,秃秃的山怎会雄伟壮丽?

如果没有树,所有的水,都将失去生气,湖旁溪边,最多长着软软的草和低低的花卉,任水如何清晰,没挺立的树干横斜参差,没叶影飘忽,湖与溪都将显得呆寂。

如果没有树,森林将从地球上消失,成群的野兽不能安居林中,将向城市进侵,或消形灭迹。

如果没有树,城市与乡村,公路与庭院,都会变得肥庸或干巴巴的,没有树荫遮阳,没有树枝伸展向天的方向,纵使种植奇花异草,也补不了城市的空寂、旅途的单调、庭院的无味,乡村因没有树而失去了气韵。

如果没有树,夕阳西落、星起月升时,除了硬硬的屋脊陪衬,再没有刚阳的树影相映。

如果没有树,在有太阳的日子里,再也看不到透明如翠玉的叶片,在疏密有致的枝上挂着;在下雨的时候,再也寻不到晶亮的水珠滴缀在枝梢上;更别想在草坪上躺看枝叶空隙间特别奇美的蓝天。

如果没有树,雾来时,不再能绘成一片迷离朦胧的美景,不再有远处诗意洋溢的雾林,只是片厚厚的死白,潮湿而空洞。

如果没有树,小松鼠将失去躲藏的高楼和爬跃的游戏地区;虫蚁和知了,也将移居低矮的层楼底下。

如果没有树,你我的窗前,不会有摇曳的叶影,风起时也听不见枝叶拂动的音乐,清晨傍晚,小雀们也不能在高枝上探头清唱,你我的窗,将成寂寞的窗。

如果没有树,纸张将变得奇贵,书本将渐渐变少,爱书的人将难以拥有世间的名著,只能借电脑来阅读。朋友的信,将不再写在纸上;报纸,也全由电脑来发行。

如果没有树,诗人的心将枯萎,画家的灵感会消失,人们的眼神,会更少向上投射,由地面随着树的枝干而仰看苍穹。

如果没有树,这大地将失去无尽的美,人的精神也许会变枯干,争夺也许因之而丛增,战争更变成家常便饭。

如果没有树,我的心将会哭泣。

院中李树

二月的寒意中,院里光秃秃的李树枝开始苏醒,冒长出一点点棕色含绿意的小苞。不消数日,青白色的花儿,便在枝干上这儿那儿地抖开来,素素的,比白色梅花还要瘦的花瓣,雅致极了,稀疏地斜立枝上。没多久,满树怒放的白花,在夜晚室外灯光下看去,真似一树白白的爆米花!春花怒放的"怒放"两字,我在李树上才体会到。那股强烈的生命力,从泥土里冲上来,每一朵,每一枝,全是精力充沛的天地之气。

一阵雨或一阵风,就使花瓣飘落,堪叫人怜。啊,美是短暂的!整朵整朵的白李花,到后来,不经风吹,也会自枝上徐徐坠下。那时刻,你看得出花儿的无力,像瓜熟蒂落般,是一种凄美,一种无奈。心中自慰道:若无花落,怎有果生? 悲感之情,就转成期待了。

嫩嫩的叶子,在花瓣开始飘落时,尖尖地抽成芽蹿长出来。花儿落尽,绿叶丛生,也仅只十几天光景。原本一树白花,如今已换成举满叶子的绿树。慢慢地,小小的青果探出头来,躲在同色的叶中,偷偷地成长。

这时,鸟儿就开始注意啄叶下的小果子了,风若是过强,也会把无数没长大的小李子摧残落地。生长,真是一个苦难重重的过程。

院中的鸟,原都是我心中的好友,但在李子成长的那段时间,却是我得提防的突击者与捣乱客。鸟儿无知,爱来试啄没有成熟的果实,每天总有七斜八倒、满面创伤的小李子挂在枝头,或被啄落的,陈尸草地上的无数颗粒。

期待中李子渐渐长大,由青色渐呈一些红。经过太阳晒,一树红绿相间的李,更招来鸟儿,一大早就叽叽喳喳地在檐上议论纷纷,然后趁人不防猛地向最红的李子啄去。其实,李子只泛红而已,还没熟,就遭鸟啄得头破脸伤。

李树的枝干,撑着满树日渐长大的李子和叶,日益弯垂起来。李子慢慢变成红紫色,沉重地压盖在树枝上。阵阵的玫瑰香,从熟透了的李子上飘散满院。六月,是我院中李树飘香、李子成熟、百鸟来朝、近似天堂般的欢愉时节。不上班的日子,我会搬把椅子,独自坐在李树下,眼看李叶在阳光中的深绿浅翠,缀在枝头树上粒粒圆紫紫的熟李子,鸟声在耳,李香拂鼻,如痴如醉。我感觉到身处仙境,似入画中,变成世上最富有的人了。抚拍一下李树粗糙多疤的干子,心中暗暗感激李树予我的欢愉。

上班的日子,每晨我轻轻走过李树,最多采十来颗带给同事尝,没时间细看一夜间又有多少李子熟透了待摘。待下班归家,李树下落满被鸟啄坠的熟李,水泥道上斑斑红紫的液痕,着实可惜而令人伤心。小松鼠也趁机爬上树,抱着红紫的李子溜下来,见人来都不避地在树下啃嚼起来。于是我意识到,这院中的李树在天地中生长,它结的果实并不完全属于屋子的主人,果实也属于鸟及松鼠。在鸟与松鼠的眼中,可能认为我是和它们在天地中抢食的人呢!

然而,今年六月,是二十年来最寂寞的六月,鸟声少了,松鼠看不见了,浓浓的玫瑰香气亦不复在院中飘了。原有的两株李树,一株于去年死于虫害,另一株孤单单地长了许多枯枝,也呈着病态,千盼万盼下,它迟迟长了疏疏十来朵苍白瘦小的花,长了些叶,挂出七八颗小小的李子。不多久,无情的鸟就将它们啄落下地。

我希望,我祈祷,但愿这剩下的仅存的李树,能撑下去,明年还能含苞,抽叶,开花,坚强地活下去。

残鹤

疗养院的大门内,似乎永远有一对哀伤的眼睛在等着,每次我推开大门,那个清瘦坐轮椅的中年男子,总孤单单候在门旁。仰着头,他的眼神中,有迷惘,有等待,有落寞,有希望,也有问号。他衣着整齐,神态清醒,看得出是受过高等教育的人,每当我离开疗养院时,他也仍还等在大门边,他等的人还没有来到。一天,在大门旁的走廊上,他吃力地自己用手发动轮椅的转盘向前移动,我跑上前问了声能否相助。他喃喃地诉说,他原是个工程师,妻子故世,儿子将他送入疗养院,他不良于行,但没有疾病。他想回家,他要回家,他不甘心在疗养院久住,他天天在等儿子接他出去。抬起头,他斯文地问我,他的儿子何时会来?他的儿子会不会来接他回家?

长廊上,格格地响着,三三两两的轮椅自病房中推出,排放在廊中。不一刻,廊上十几只轮椅,上面坐着发白体弱的老人,有的骨瘦如柴,有的发乱如枯草,或垂了头,或伸长着头张望,却一声也不响,全都沉默着,坐在轮椅上任管理人员摆布。啊,他们真像一群老残的白鹤,羽稀体弱,被搁浅在荒寂的沙滩上,足难举,翅已断,这疗养院是一个荒寂的沙滩,这些残鹤,似被世界遗忘。

我找不出适当的话来安慰这个守候在门旁的陌生男子的问话。他灰蓝哀伤的眼睛,似乎要我说他的儿子会来接他回家的。这几个星期来,他天天候在大门口,却没有儿子的影子。儿子在何处呢?是在外地,不便来访,还是另有他因?这快速变化的信息商业社会,这西方的大都市,压力大而忙碌的生活方式,有时我们自己都似转动洗衣机中的一件衣衫,身不由己,无暇顾及亲情,在有意与无意中,似被削薄变淡而拉远了。在这黄昏的围墙里,我感到沙滩一角的荒凉与寂寞,这儿没有夕阳无限好的美景,这儿是残鹤寂凉的沙滩。这儿陌生人一对哀伤的眼睛,一直追随着我,叫我的心沉重。

中国近代史的海外宝库

——斯坦福大学胡佛研究所图书馆档案珍藏

  一座巍然高立的楼塔,在美国加州著名的斯坦福大学校园中伸向蓝空,这是举世闻名的"胡佛战争、革命与和平研究所"(The Hoover Institution on War, Revolution and Peace),简称"胡佛研究所"(Hoover Institution)。它系1919 年胡佛先生为他的母校所创立。胡佛先生之后曾任美国第 31 任总统(1929—1933)。

  胡佛先生的基本理想是个人自由、经济与政治自由、私人营业、限制政府对个人生活的干扰。他反对战争,愿发扬和平,改善人类的处境,维护自由,并保护美国的制度。因之,他致力于促进思想与学术的研究,欲为自由社会定义。胡佛研究所一开始便大量收集有关第一次世界大战前因后果的一手与二手资料,对世界各地的关于政治、经济、社会变迁的书籍资料,均广为收藏,终于形成了一个出色的学术与公共政策研究中心及特殊不凡的图书馆和档案保存所。

"胡佛研究所"是反对战争、追求和平与自由的研究所与图书馆及档案保存所，与众不同的是，它的收藏是为历史作见证。20世纪重要的政治、经济与社会的改变，都在胡佛研究所图书馆及档案文件中保存着，例如苏联的大革命，第一次及第二次世界大战的实情，甚至于铸塑21世纪的势力，均在林林总总的胡佛卷帙里涌现。在胡佛东亚收藏的中国部门中，有大量的20世纪中国历史资料及文件，珍贵无比。中华民国成立的经过、学生运动的发展与影响、中国共产党成立的历史与经过、国民党迁台后的行政与活动等，无一不在胡佛的档案与记载中。至于当年日本之侵华，对中国采取殖民主义行动、横占满洲等恶劣行为，亦在收藏的日文行政记录和官方文件中表露无遗。

　　整个胡佛图书馆与档案保存涉及七个地域，即非洲、美洲、苏联、东中欧、东亚、中东及西欧。举凡民主的发展、国际关系、和平运动与协调、政治思想、政变与革命、政府的宣传、地下运动与反抗、军事历史等，都是胡佛研究所收集的题材。胡佛拥有丰富的20世纪历史资料，供全球一流的学者与政治家研考，并出版专题书刊，激发全球各行业的人才去思考建议，以期公共政策朝明确的方向改进，促进和平，维护自由。中国国民党于1986年前所查禁没收之刊物及对要求民主政策之反对党人士的所作所为，胡佛档案中全有记载。苏维埃社会主义共和国联盟解体后，胡佛研究所与苏联政要合作，从事口述历史的记录，并将苏联共产党之机密文件档案影印收存。

胡佛研究所的东亚收藏，主要是对中国与日本的收藏。中文书册至今已达 35 万余件，新旧中文期刊约 1.3 万项，现订阅之报刊约 1300 种，涉及政治、法律、经济、社会学、教育、统计、国防及历史、地理与文学、语言、科技、工业、农业等方面之内容。

档案文件中，有孙中山先生的军事顾问、法律顾问及首任财务顾问等人的私人文件，美国记者斯诺夫人（Mrs. Edgar Snow）访问毛泽东的记录，数百张延安中共领导人员的相片，中国内战时期共产党基地的实况，1949 年以前政府文件及商业统计、劳务组织、乡村市场、都市银行、铁路、田土出租等，点点滴滴，存在于文件、公文、实地考察报告及影卷中。不少政界名流，将私人文件捐赠给胡佛研究所，如飞虎队陈纳德将军、宋子文、梅贻琦等，以及曾任特务工作的蔡孟坚，均有文件档案交胡佛研究所保存，汪精卫的女儿女婿也将多年搜集的最完整的汪氏文稿复印件送到胡佛研究所保存，以供学者与后代细阅研究，为历史作见证。

很多民国档案，如四大家族的文献和日记现为胡佛研究所所独有，包括蒋介石、宋子文、孔祥熙和陈果夫陈立夫四大家族在内的民国"绝密档案"可供学者与后代细阅研究，为历史作见证。

2005年，蒋家后人将蒋介石、蒋经国的日记交给了胡佛研究所保管50年。其中有1915年到1972年的蒋介石日记。这些蒋介石日记现已对外开放，学者们能查阅并用手笔摘录，但不能复印、拍摄、输入计算机。

已原本呈现于世的蒋介石日记记录了蒋介石30岁到44岁追随孙中山、主持黄埔军校、东征、北伐、孙中山逝世、国共从合作到分裂以及日本开始入侵等种种经历。1931年九一八事变，在9月21日的日记中，蒋介石写了"雪耻"二字，又写了"团结内部，统一中国，抵御倭寇，注重外交，振作精神，唤醒国民，还我东省"，还写了"忍耐至相当程度，以出自卫最后之行动"。蒋介石对五四运动、三民主义、国家发展方向、联苏联共等的看法，都能在日记中看到。

斯坦福大学2001年决定把胡佛研究所的东亚馆藏并入斯坦福大学图书馆，新建了东亚图书馆。原有胡佛研究所的档案资料，一部分放在东亚图书馆，另一部分留在胡佛研究所档案馆现代中国档案部和特藏部。珍稀档案和善本书则存在善本部。

蓝空下,胡佛研究所的高楼巍立着俯瞰全世界。在追求和平与自由的理想里,胡佛图书馆拥着浩繁辛酸的 20 世纪人类历史的记录,迎向遥远的未来。

绿丛中的圣玛利亚学院

庄严恬静　温暖融合

在这寂静的小山之岗，坐落着我们的学校——圣玛利亚学院。一片大斜草坪铺展在前面，四周衬托着的是深重重的丛林。庄严，恬静，该是学校外表给人的第一个印象；温暖，融和，则将是你步入校门后衷心感受到的了。

圣玛利亚处于新罕布什尔州(New Hampshire)霍克斯镇，是天主教学校，主持的修女们属于慈悲修女会(Sisters of Mercy)。全校拥有二百多亩土地，其中包括小山与丛林，主要的建筑物却只有一座。教堂、课室、饭厅、宿舍、运动室等都在这偌大的一所建筑内。此外零星的小建筑略有两三处，皆充作课室之用，全校师生约二百人光景，中国学生则仅有两个。

在我们刚到校的时候，有几位同学问我们："你们姓什么?"当我们告诉她们一个姓卓、一个姓浦时，她们想了下，然后摇摇头说："你们不姓王或李等，我们以为中国人大部分都姓李呢！你们的姓名大概很怪吧？"确然，"卓"与"浦"这两个姓氏很是少见，所以我们也就含笑点了个头。

中国月亮比美国圆

"你们中国有没有月亮？""有没有树？""有没有鸡蛋？"一大串奇异的问题，都从她们单纯的心田发问出来，问得那么真切，那么充满了好奇，等得到答案之后，她们又懊恼自己发出的问题竟那么幼稚，于是解释着说："我们把中国一直想象得那么远，那么神秘，所以禁不住要问这些问题。"我笑笑，低声告诉她们："我们中国什么都有，中国的月亮在阴历八月十五时，比美国的大，比美国的圆！"洋孩子们睁大了眼说："哦！中国的月亮比美国的圆。"

春踏青茵　秋收红叶

新罕布什尔州在冬天是新英格兰出名的滑雪区，在夏天则是游客们的避暑地，谈到新罕布什尔州的秋，则亦是美国以秋色红叶闻名的地方，只有春天，却来临得特别晚。每年从十月底起，到第二年的三月底，都有降雪的可能，等到原上草发绿时，那恐怕已是五月里了呢！由于冬季特长，学校中会溜冰及滑雪的同学，也因之不少，尤其是校址在山上，校前的一片斜草坡，就足够供学生们课余时滑上滑下的了。

校后除了一大片的森林外，还有一湖一清泉，春晨涉足于湖旁,秋末拾落叶于林间。这里远离城市,间隔了人烟,留下的只有那自然的美与自然的声音。无论是月明风清、星斗满空之夜,或是阴晦天沉、暴风雨来临的时候,山中的一切,都显得那么美,那么静,那么有活力!

两位留学生多才多艺

我们两个中国学生在此都是主修经济的,其实我们的兴趣却都近于文与艺。无奈学校较小,除了经济、家政、理化、教育等外,都不太全备。因之我们也不能以兴趣行事了。由于对音乐等的爱好,我们对有良好环境而没有音乐艺术系不免有点引以为憾。

校中的学生课外活动组织颇多,并常有活动。今年校中的歌唱团曾与邻城曼彻斯特的一个男校合演日本歌剧《日本天皇》(*The Mikado*)。由于我们是歌唱团的一分子,所以也参加了这歌剧的演出。导演们非常高兴能有来自东方的孩子在这具有东方色彩的歌剧中"插一脚",可是在我们的心中,对日本始终有着那磨毁不了的"恨"。

在这里,我们并没有亲友,一位热心同学的父母,由于对中国有着热爱,待我们非常之好,周末或假日常邀我们去玩,起初我们还有点拘束,到后来也就熟如家人了。有时乘兴还烧几样中国菜给他们吃。其实我们以前都没正式下过厨,临时胡乱想了几样菜,七手八脚,花了三个钟头光景,等到菜烧好能见人时,厨房里可也乱得见不了人了。所幸得到的评语是一大串"好!""好吃!""啊! 真好!",可把我们这两个像冒了险的试验者乐坏了。现在,那位同学的母亲,也学会了几样中国菜的烧法,有时周末去时,她会笑容满面地对我们说:"孩子们! 到厨房里来! 我要让你们看一个奇迹!"打开一个锅盖,哦,原来里面是一堆深咖啡色的蛋炒饭(酱油弄的结果)。

以喜悦之情读《少年报》

每次当我们怀着喜悦的心情,翻读着《少年中国晨报》时,一些同学总围拢来,要我们读一段给她们听。我们用中文读,当然她们半点都不懂,但是可爱的结论又来了:"哦! 这一段真有趣!""这报纸内容真充实!"……一声尖脆的声音,在我背后响起。"看! 看! 看!"伸过来一只手,指着报尾的一张电影广告说,"中国的米价,又涨了一块钱。"

中国小姐　娴静有礼

有一次,晚自修课后与修女谈天:"我真不知道你们中国女孩子那么强,一个人敢来异国异土,要是让我去中国的话,我一定每天晚上都要哭呢!"另一位修女也称赞着说:"你们一切都表现得那么好!""哦! 我真喜欢你们中国式的衣服。"……我打岔问道:"你们可曾觉得我们有什么地方与别的女孩子不同没有?"修女们直摇头:"为什么?你们与校中的女孩子什么都一样,什么都和她们打成了一片。所不同的地方只有一点,你们比她们娴静有礼貌。"我同源来相视而笑,我们原是来自"礼仪之邦"的。

提起中国菜不免发馋

校中的伙食并不太好,刚来时真吃不惯。记得曾有一次,馋劲大发,我写了一张纸条"咸萝卜干真好吃!"挂到源来的床前墙上。结果源来跑到我处,提出抗议:"你真不应该把字条挂在我床头,每天一睁开眼就看到你写的'咸萝卜干真好吃!',把我也弄得怪馋的!"于是我们约法三章,此后大家不准提中国菜,免得发馋,所以每逢中国节日,如中秋与新年时,我们只好每人口里嚼一块口香糖:"今天天气真好啊!"两人对着"哈哈哈"一阵。

中国小姐很守规矩

天主教学校向来是以严格出名的,我们校中也不能例外,出校归校要登记,上课下课要点名,一下子不留心,就会被叫到学生法庭审判一番。可惜我们还没有去过学生法庭的经验。

校中同学会抽香烟的占十之八九,抽烟的原因并不是喜欢抽,而是为了"别人都抽,我当然也得抽"而抽的。一部分人觉得"大学生"不抽香烟,哪里像"大学生"呢?于是乎,咳嗽流眼泪地勉强自己学抽烟,这种情形想来每个美国学校都彼此有点相同。

绿色的草 绿色的心

提起校园,我不禁又为了那一大片苹果林与紫丁香而浮起笑容。紫丁香是新罕布什尔州的州花,当五月带来了春天时,校园中除了一林淡红的苹果花外,能为春天点缀出一丝春意的,也只有那紫色的丁香,及黄色的小蒲公英。春天在这小山之岗,并没有夺目丽人的花朵,也没有阳春的花香。这里有的却是那一望无垠的绿——绿色的草坪,绿色的森林,绿色的心,以及那青草夹着的泥土香,我们能从空气中嗅到春的气息,却不易从原野上找到春的影子。秋叶红黄相间的季节,也是校中师生啃苹果起劲的日子。

祖国啊!何时强起?

草坪上有着几架秋千,初夏的傍晚,秋千架旁常会有着女孩子们清脆的笑声。日落日出的奇景,在这里已都不以为奇了。造物者的神妙,无时无刻不在平淡细小的事物上使你感叹。

这里的一切,在爱好自然的孩子们心中,永远充满着"真"与"美",然而,在美国同学们爽朗的笑声中,我们的心,一次又一次地感到沉重,祖国啊,何时能强起?

后

记

一切都是缘，出书也是缘，也许一切都是老天的美意。

我心中曾一直有个意愿，想将多年来零星写的、点点滴滴的散文，放在一起，出个集子。但是，生活忙碌，不由自主。我过的像转动快速的洗衣机里的衣衫一般的日子，怎能让我找出时间和精力来将心愿落实于行动？

这本书的出版，是高艳华女士所牵出的缘，我感谢她，也感谢她为我打字并同时找朋友帮忙将多篇散文代为打字。我和高女士的缘，是老天赐我的缘与福。

这集子里的散文，能反映出一个长期漂泊在海外的流浪者的所见、所知、所感，其中有我怀念的人和事，点点滴滴的过去和时代。最早写的一篇，是我大学时代——20世纪中叶在美国新罕布什尔州发表在旧金山《少年中国晨报》上的介绍我那时读书之地的《绿丛中的圣玛利亚学院》。

我感谢我的小弟浦大祥教授，为了要帮助我，他用指头替我将《窗外山》用繁体字输入电脑,再交由艳华整理校对成简体字。我也感激为我的书付出辛苦、帮助做嫁衣的所有出版界同仁们!

浦丽琳(心笛)

2023年春于洛杉矶

图书在版编目 (CIP) 数据

家山万里梦依稀 / (美) 浦丽琳著 . — 北京 : 商务
印书馆 , 2023
（流金文丛）
ISBN 978-7-100-19830-1

Ⅰ . ①家… Ⅱ . ①浦… Ⅲ . ①散文集—美国—现代
Ⅳ . ① I712.65

中国国家版本馆 CIP 数据核字（2023）第 010139 号

流金文丛
家山万里梦依稀
〔美〕浦丽琳 著

商 务 印 书 馆 出 版
（北京王府井大街 36 号　邮政编码 100710）
商 务 印 书 馆 发 行
南京新世纪联盟印务有限公司印刷
ISBN　978-7-100-19830-1

2023 年 4 月第 1 版　　　开本 787×1092　1/32
2023 年 4 月第 1 次印刷　　印张 11¼

定价：68.00 元